処刑少女の
生きる道3
バージンロード
—鉄砂の檻—
JN131274
佐藤真登
Story by Sato Mato
イラスト ニリツ
Art by Nilitsu

処刑少女の生きる道（バージンロード）3

―鉄砂の檻―

目次

Contents

Story by Sato Mato Art by Nilitsu

処刑少女の生きる道(バージンロード)3

—鉄砂の檻—

佐藤真登

GA文庫

カバー・口絵・本文イラスト

ニリツ

真っ白な太陽が、水平に巡っていた。

不自然なほど白々しい太陽は昇ることも沈むこともせず、地平線に沿ってただ横にまっすぐ円を描きながら巡る。始点も終点もあいまいに、三百六十度、一時も休まずにぐるりぐるりと巡り続ける。

昼も夜もない、時間の閉じた世界。

空模様が不可思議ならば、大地も通常ではありえない様相を呈していた。

一見すれば、普通の風景だ。

各所に町や村があり、建物に人々が暮らしている。少しばかり古ぼけた、わざとらしいほど西洋風の建築物が多いが、違和感というほどのものでもない。野原や森林には人々の生活を脅かす魔物がいて、それを討伐することを生業としている冒険者がいる。

当然の営みに見える世界はすべて、作り物だった。

町や村で暮らす人々は、精巧な作りで人に似せられた魔導人形だ。生物に見える魔物もすべて、生態系を持つ自然の生き物ではなく血肉の通わない魔導兵だ。動き回る生物だけが魔導仕掛けによる創作物なのではない。大地から草木に至るまですべてが原色の【力】で作られ彩(いろど)られている。

この世界の営みは、原色概念でできていた。

原色概念が世界を造れると称されるのは、実際に世界を造り上げた実績があるからだ。

それこそが東部未開拓領域『絡繰り世(からくよ)』。

病的なほど丹念に、隙間(すきま)なく埋め尽くされている。三原色で作られた空恐ろしいほど巨大なジオラマが、世界を塗り替えていた。

気がついてしまえば、あまりの空虚さに身がすくむ。

知能を持たない人形が一言も話すことなく生活している。一軒家に暮らす家族。公園で遊ぶ子供たち。それらにはなんの意味もない。喜怒哀楽の感情を生むことなく、話し声のひとつもなく、彼らが動く物音だけが虚しく響いている。

地平線と並行に転がり続ける太陽に閉じ込められている大地に造られた、無機質な空箱。

ここに、生き物はいない。三原色に満ちて飽和しきったこの世界は、生物が足を踏み入れたとしても、すぐに三原色で覆ってこの世界をつくる魔導兵の一員にしてしまう。

すべてがすべて作り物。万物に繰り手がいる世界の中心部に向けて、場違いにもあどけない幼女の歌声が響いた。

「ま、ま、まぁー、ま、ま、まぁー」

白いワンピースを着た、黒髪黒目の女の子だ。年齢は十歳に届いていない程度。無邪気ながらも、どことなく上品な顔立ちをしている彼女は、この世界の異常さを気に留めることなく陽気に歌を口ずさんでいた。

「ままっままー、まーままー！」

彼女は、一匹の魔物の上に乗っていた。手足のない、巨大なミミズに似た魔物だ。手足がない代わりに全身に人間のものそっくりの口が付いており、地面に歯を立ててずりずりと前へ進んでいる。百足ならぬ、百口の魔物だ。

だが見るからに醜悪な魔物よりもなお、その上に乗るあどけない幼女の姿がおぞましい。

生物をことごとく排除した無機質な世界にあって、魔物の上に乗りながら明るく節をつけて歌う彼女はあまりにも生理的だった。流れる血潮の熱さ、素足で歩く足裏の柔らかさ、発する言葉の抑揚。すべてがすべて、この世界にあってはならないほどに温かく、体の芯(しん)から寒気を催させる。

十歳にも満たないであろう彼女の姿は、あどけなく、無邪気で、無害で無防備に愛らしい。かわいらしい彼女がどうして世界とここまで相いれないのか、外見から理解するのは難しい。

唯一、胸元(むなもと)に三つの穴が開いたワンピースこそが幼女の本質的な欠落を示していた。

驚異の力を持つ異世界人の中でも、最低最悪。この世の魔物と悪魔の始祖である万魔殿(パンデモニウム)。

――キャラクター名、『万魔殿(パンデモニウム)』のデータが作成されました。

「まあ」

幼女が、不意に天を仰いだ。彼女の頭の中で声が響いたのだ。

——コンテナ・ワールドへようこそ。あなたはレベルアップの機能が……。

頭の中の声が続いている最中に、幼女は自分が乗っている魔物の体を、とんとんと指で叩いた。それを合図にしたのか魔物が彼女の体に嚙みついた。いくつもの口を使って、肉をちぎって骨を砕き、上に乗っていた幼女をきれいさっぱり食べつくす。

幼女を食べた口が満足げに舌なめずりをするよそで、いくつもある別の口のひとつからまっさらな細い手が突き出た。

「まったく、精神に触れてこようだなんて失礼しちゃうわ」

口の内側から這いだしたのは、先ほど確かに魔物に咀嚼されたはずの幼女だった。魔物の体液に塗れながらも、もぞもぞと頭、上半身、下半身と姿を現す。

「お使いのついでに千年ぶりにあの人の様子を見に来たのだけれども、やっぱり趣味が合わないみたい」

己の死を捧げての、自分自身の召喚。自死が復活につながる不死身の彼女は、くるりくるりと魔物の体の上でターンを決めながら、さっきの自分がいた場所に舞い戻る。

「残念ね。あたしに絡んで繰ろうだなんて、まだまだ千年早いんだから！　ゲームをやらせようっていったって、そうはいかないの。あたしにとって、エンターテインメントの最高峰は映画だって決まっているもの！」

無傷に戻った幼女を乗せ、何事もなかったかのように百口の魔物は這いずり進む。

「古今東西の映画を見れば、世界が無感動じゃだめだって人は学ぶはずなのに。悲劇も、喜劇も、人の心があるからこそ胸を打つもの。必死に自由を求める人の心こそが、運命に抗う人の命こそが価値なのに……なにもかもをつくりこもうだなんて、これだからゲーム好きの人は困るのよ」

ほとほとあきれた、とオーバーに首を振って、遠くの太陽を眺める。

三原色に塗り潰されて作り替えられた世界にあって、唯一、真白を保っているのが空に浮かぶ太陽だった。

あの白い太陽が人工物だと、誰が思うだろうか。

あれだけは、この世界の創作物ではない。千年前、際限なく増え続ける【器】を閉じ込めるためだけに【白】の勇者が造った、人造の太陽だ。

「ほんとうに、偉大で、素敵で、真っ白」

最頂で、最高で、最強の純粋概念【白】。彼処に残る遺物を見るにつけ、その大いなる力を思い知らされる。

千年前に【白】がいなかったならば、世界はどうなっていたのか。

よくも悪くも、大きな変化があっただろう。

さしもの【白】でも殺しきれなかった存在は二つだけ。

最弱にして最低最悪の純粋概念【魔】と、最小にして最色最多の純粋概念【器】。

【魔】は原罪で万魔を率いたが、【器】は三原色で世界を塗り潰した。

どんな形でも作れる【器】の純粋概念。どんな形にも潜り込めた【器】の純粋概念。

際限のない三原色の拡大とともに、【器】は世界そのものを切り取って己の領域とした。

だから【白】は作り物の世界を閉じ込めるために、永遠の白夜をつかさどる太陽を置いた。

夜と昼の境界を消し、地理も、時間も、空間も、あらゆる概念上のつながりを外界と絶とうとした。

その封印は万魔殿（パンデモニウム）を閉じ込めた霧の封印と同じく、千年間ほころびなく循環した。

だが、いつからだろうか。

夜のないはずの白夜にあって、日が沈む時が訪れるようになった。

一日のほんの一時。今日もまた白い太陽が沈み、夜が訪れた。

暗い闇夜（やみよ）の中、万魔殿（パンデモニウム）が世界の中心部まで侵入した時だ。

ひとの真似事（まねごと）をした魔導人形が、異世界の真似事をした営みを続ける『絡繰り世』が、止まった。

幾千万の視線が集まった。重圧に耐えかねたように、万魔殿（パンデモニウム）が乗っている百口の魔物がすべての唇を青ざめさせる。

「まあ」

かわいらしい幼女の頬（ほお）が、不満げにぷっくりと膨らんだ。

「やっぱり、まだまだ生きていたのね。ずっと無視されて悲しかったわ」

『バグめ』

声が、響いた。

一体の魔導人形が声を響かせたのを皮切りに、雪崩（なだれ）を打ったように他の魔導人形も口を開く。

『忌々しいバグめ』『潰（つぶ）しても潰しても湧（わ）いて出るウジ虫が』『調整しても調整しても消え去らん』『なぜこの世に』『我が平穏の世に』『我以外が存在しようとする』『なぜ世界を開こうというのか』

「相変わらずなのね。引きこもりの名に恥じないわ。封印が緩（ゆる）んだのを嘆くのって、あなたくらいじゃないかしら」

万魔殿（パンデモニウム）が、言葉も忘れたほどの年月。千年続いた封印が緩んだことに文句をつけているのだ。

『知るものか』『知るものか』『バグが潰せていない』『時間が足りない』『永遠に』『時間は永遠に足りない』『外に出られるとなればなおさらだ』『なおさら時間がいる』『外のすべても我が世にするために』

陰々と響き渡る声に、万魔殿（パンデモニウム）は小さな肩をすくめた。

「やっぱり合わないわ。まあ、あなたとあたしの純粋概念は、水と油ね。混じり合うわけがないけれども――相反するのも、混沌（こんとん）らしくて素敵だわ」

万魔殿（パンデモニウム）は、ついっと視線を動かす。

たった一人による作り物の世界。わざとらしいほど西洋風な建物の中に、違和感がある建物があった。

鉄筋コンクリートで造られた、角張った三階建ての校舎だ。体育館が併設され、校庭が設けられている。この世界ではなじみのない建築様式だが、日本人ならば誰でも知っている建物だ。

学校の、校舎。

「あなたは、そこにいるのね。どんなに気取ったところで変わらない。まったくもって、あなたらしいと思うわ」

執拗に世界を生産し続ける『絡繰り世』の中心部を見て、万魔殿（パンデモニウム）は肩をすくめた。

「でも、あなたがそこにいるって言うのなら、あたしは行かないわ。ここを出てマノンと合流して遊んでいたほうが、ずぅーっと楽しそうだもの」

千年ぶりの顔見知りのもとへと向かわなかった理由は、ただひとつ。

「あたしは、学校が嫌いだった。そんな気がするの」

記憶と人格の残骸（ざんがい）を風に流し、万魔殿（パンデモニウム）がくるりと踵（きびす）を返した時だった。ばったりと出くわした人物に、ぱちくりと目を瞬かせる。

万魔殿(パンデモニウム)の前に、顔のない男がいた。全身のあちこちが穴だらけで、特に頭部は顔面がくりぬかれたようなありさまだった。

だというのに、彼は生きている。傷口からあふれる導力が、肉体の代わりを果たしていた。

「まあ！」

万魔殿(パンデモニウム)をして、初めて見るような状態の人間だ。驚きの声を上げて、両手を広げる。

「初めまして。あなたは、だぁれ？」

一章

裏切り者の器

大気が凍りついていた。

冷たく乾燥した空気の中、音もなく青ざめた月光が砂漠の唯一の光源となっている。冷ややかな月明かりは、ところどころ風化し、砂に埋没していく遺跡群を閉じ込めるかのように照らしていた。

ここは大陸中央部の未開拓領域のただなか。広大な砂漠の中でも、偶然で人が踏み入ることのない僻地だ。

かつては存在していた居住地の残骸（ざんがい）を、静かな月光が浮き彫りにしている。

過酷な環境に負けて人類が放棄した場所を、亡霊のような静けさで走る影があった。

数は三人。その中の一人が、人が一人すっぽりと入る麻袋を俵担（かつ）ぎにしている。口を閉じた麻袋の中からくぐもったうめき声が漏（も）れていた。抵抗していると思しきぐにゅんぐにゅんした動きから、人間を中に詰め込んでいるとわかる。

男たちはささやかというにはいささか鬱陶（うっとう）しい抵抗にも顔色ひとつ変えず、砂漠に隠されたルートを走り抜ける。月明かりのみが頼りの夜間の移動でありながらも、道に迷わず砂に足をとられない彼らの動きは、訓練された人間特有の揺るぎなさに支えられていた。

練度の高さを示す証拠に、彼らは夜気を退けるかすかな光を纏(まと)っていた。生命の根幹である魂から汲み出すことができる【力】――導力で肉体を強化しているのだ。

導力強化をして疾走する彼らの脚力は強い。やがて行く手に鉄の門扉(もんぴ)が現れた。

門番が近づき、やってきた男たちと二、三のやり取りをする。見張りをしていた門番の手には禁忌の品として第一身分(ファウスト)から製作、流通、所持を禁じられた導力銃が携(たずさ)えられている。

男たちの顔を確認した門番は頷(うなず)き、ゲートへと合図を送った。鉄の門が重々しい音を立てて開かれ、男たちは施設に入っていく。

門番は再び警備に戻る。忍耐が必要な任務にありながら周囲を警戒する彼の顔に油断はない。

だが、いましがたの開門で侵入者がすべりこんでいたことに気がつけなかった。

男たちには尾行者がいたのだ。

彼らや門番が気づかなかったのも無理はない。人間が尾行していたというよりは、夜の色をした大気がすべるように動いていたとしかとらえられない不可思議な尾行者なのだ。ただでさえ光量の少ない中、闇夜(やみよ)と同じ色を纏われてしまえば見過ごしてしまうのも無理はない。

内部へと潜入した人物が、行使し続けていた術を解除した。

「……ふぅ」

夜気がほどけるように崩れて姿を現したのは、まだ十代半ばに見える美しい少女である。

藍色の神官服の上に、黄色のケープと腰布を巻き左手に教典を抱えた姿は第一身分のもので間違いない。右裾部分は太ももの根元まで露出するほどのスリットが入っているが、必ずしも肉体美を見せびらかすファッションのためだけではない。右の太ももに巻いたベルトに備えつけられた短剣を素早く取り出すための改造だ。

「さて……」

男たちを追って施設に潜入したメノウは、軽く唇をなめて湿らせる。呟きに合わせて、黒いスカーフリボンで結んだ淡い栗毛のポニーテールがかすかに揺れた。

導力強化の際に発する燐光の色を任意に変化させて視覚を欺く導力迷彩は特殊な導力操作を必要とする。使い手が限られる非常に難度の高い技術なのだが、最近、ようやく動きながら周囲の景色に合わせた光学迷彩が可能となってきたのだ。

これが別人に変化するとなると、また一段も二段も上の技能となる。能面を張りつけるならいまのメノウの技術でも可能だが、自然な表情の変化が難しい。尾行するため闇夜にまぎれる導力迷彩を継続行使するだけでも、かなり骨だった。

「やっぱり手練れね。これは油断できないわ」

尾行していた男たちの動きを思い起こし、厳しい面もちのままきょろりと首を巡らせて施設を確認する。

もともとあった遺跡を利用しているのか、土造りの平屋が多い。他にはテント張りのバラック小屋や倉庫などが並んでおり、中心には五階建ての建物があった。警備の厳しさからして、あそこが中枢部だろう。

とても未開拓領域のただなかにあるとは思えない充実ぶりだった。

なんの事前調査もなくこんなところに潜入する羽目になるとは、と顔をしかめる。どれもこれも男たちが担いでいた麻袋の中身のせいである。

なにを隠そう、あれの中身はメノウの旅の連れである少女、アカリだ。

天真爛漫の能天気にして、お気楽な性格の少女。彼女は『迷い人』と呼ばれる、異世界からの召喚者であり、魂に純粋概念と呼称される特殊で強力な【力】を宿している。世界の摂理を捻じ曲げることすら可能な純粋概念を渇望する人間は枚挙にいとまがない。

今回も狙われたのはアカリだった。

未開拓領域を抜けるために砂漠を通っている途中で、男たちの強襲を受けたのだ。深夜に襲い掛かってきたのは全員で五人だった。女二人と見たごろつきの類かと思いきや、予想外の手練れだったためにてこずった。メノウが二人を斬り捨てる間に、残りの三人でアカリを確保され逃走するのを許してしまった。

奇襲だったとはいえ、失態である。その後の追跡で男たちに追いつきながらも尾行を続けたのは、どうせならば拠点も潰してしまおうと考えていたからだ。

しかし、当初の考えは拠点の規模を見て放棄した。

「モモと連絡をとらなかったのはミスったわね……」

補佐官である後輩、モモ。桜色の髪を二つ結びにしている少女の顔を思い浮べて、嘆息する。

砂漠に潜んでいる野盗など、せいぜい十数人程度の集まりだろうと予測していたのだが、これはもはやひとつの基地だ。資材と人員から考えるに、ここだけでも百人以上が常駐しているだろう大規模な組織である。

領域国家ですら、ここまでの規模の基地がある町は少ない。こんなところを攻め落とすなど、メノウが処刑人であるといっても単独でこなせるような案件ではない。

「……今回は、アカリを取り戻すだけにとどめるべきね」

誰が、なんのために未開拓領域のただなかに基地を造ったのか。禁忌を裁く立場として気になるが、『アカリ奪還』という目的を危うくさせてまで探ることではない。

メノウは気を引き締め、ひとつの建物に狙いを絞る。先ほどアカリ入りの麻袋を担いでいた男たちが入った建物だ。

遺跡の石材でも切り出して作ったのか、平屋建ての武骨な施設だ。窓に近づき、短剣でガラス面に傷をつける。ほとんど音もなく窓の鍵の近くのガラスを割って解錠。するりと屋内に忍びこんだ。

侵入した先に人気はない。導器である導力灯の明かりが室内を照らしている。

メノウは滑るような動きで足音ひとつなく廊下を進む。都合のいいことに、すぐに麻袋を担いだ男たちの背中に追いついた。

　さすがに施設内部で気が緩(ゆる)んでいるとみえ、屋外では疾走していた彼らも呑気(のんき)に談笑しながら廊下を歩いている。男たちがメノウの気配を捉(とら)えている様子はない。慎重に尾行していくと、ほどなく鉄格子の並んだ部屋に到着した。

　牢獄に近い造りだ。どうやら誘拐した人間を閉じ込めるための建物だったらしい。ここが満室になった光景を想像して、メノウは顔をしかめた。

　男たちは空になっている檻(おり)のひとつを開き、アカリが入った麻袋を鉄格子の内へと放り込もうとする。

　今度は自分が強襲をかける番である。敵はアカリを誘拐した三人。部屋の出入り口は男たちを尾行していたメノウが抑えている。

『導力：接続――短剣・紋章――発動【導糸】』

　ひそやかに紋章魔導を行使し、短剣の柄に導力の糸を形成する。

　背後をとったメノウは呼吸を相手に合わせて、タイミングを計る。不意打ちで、どれだけ人数を削れるか。きりきりと弓の弦を絞るように集中力を引き上げる。

　狙いは、アカリを抱えている男。混戦になって彼女を盾にされたら厄介だ。張り詰めた神経を手先に集中し、必中のイメージを形成する。

　短剣を投げ放った。

「ぁがッ――」

短剣を後頭部に叩き込まれ、脳幹を破壊された一人は一瞬で絶命した。短剣が突き刺さったまま崩れ落ち、アカリが入った麻袋が床に転がる。

残りの二人は、即座に切り替え反応した。

「ちっ!」

「クソがっ!　つけられていたかっ」

仲間が突然殺されたというのに、男たちはうろたえることなく状況を把握し、戦闘に移行した。即座にナイフと短身の導力銃を抜き、メノウに向ける動きはスムーズだ。

敵ながら優秀過ぎる。メノウが内心で舌打ちをしているうちに、男たちが二人同時に発砲。引き金をひくと同時に特殊な導器である導力銃が持ち手の導力を吸い取り、発砲音とともに硬質化させた導力の銃弾を放たれた。

狙いがいい。当てるつもりというよりは、出入り口に陣取るメノウを動かすための威嚇射撃だ。射線から外れようと動くメノウの脇を抜けて、この場を突破するのが狙いだろう。

そこまで読み切れば、メノウが彼らに誘導されてやる義理はない。

『導力:接続――神官服・紋章――発動【障壁】』

神官服に刻まれた【障壁】紋章が発動した。メノウの前面を覆うように光の薄い壁が展開され、相手の銃弾を弾き飛ばす。

「むぐー⁉」

床に落ちたアカリが落下の痛みにか、あるいはいまの銃声を耳にしたかでジタバタと芋虫のように動く。ちらりと確認したが、流れ弾が命中した様子もない。アカリに動かれると予期せぬ事故が起こりかねない。鋭く叱咤する。

「アカリっ。おとなしくしてなさい！」

「むぐっ。むぐぐ！」

言語にはなっていないが、メノウの声を聞くと麻袋の動きがぴたりと止まった。ひとまずは放置すると決めて、男二人に意識を集中する。

銃声の切れ目と同時に、障壁の解除。同時にメノウは駆けだした。短剣の柄につながった導力の糸を引き寄せ、手元に戻す。短剣を構えながら迷いなく距離を詰め、導力銃の照準すら手間になる接近戦に。

メノウが喉元を狙って突き出した一撃を、相手はかろうじてナイフでそらした。

視線が交差する。冷然としたメノウの表情とは対照的に、男の顔は焦燥に駆られていた。少女の細腕に、男の太い腕が押し込まれている。男女差で生まれる身体能力の差を導力強化で埋めて、凌駕しているのだ。

「くそ、がァ……！」

もう片方の男が導力銃でメノウに狙いを付けようとして、忌々しげに顔を歪める。メノウは相手の仲間が盾になるように立ち回っていた。二対一ではなく、一対一になる位置取りをキープし続ける。

力量の差は歴然だ。勝敗が付くのは時間の問題である。

男たちの判断は早かった。

「──おい！　俺たちでは無理だっ。アレを出すぞ」

「わかった！」

なにかのコードか。メノウには理解できないが、タイミングからして増員の類だと予想はできる。一人を捨て石にして応援を呼ぶつもりか。させるものかと身構えたものの、その予測は外れた。

後方の男の体の中から、赤い光が放出された。その起動気配に、メノウは愕然とする。

男の一人が『原色理ノ赤石』を体内に仕込んでいたのだ。

「正気ッ？」

メノウの叫びに、男は凄絶に笑った。

次の瞬間、赤石を起動させた男の体がぐちゃりと音を立てて潰れた。内部に仕込んだ赤石に向かって体が収縮し、原形をなくす。いつだかの列車で遭遇したテロリストとは覚悟が違うのか、男たちは悲鳴のひとつも上げなかった。

自爆ではない。命を捨てて、より厄介なものへと変貌しようとしている。メノウを足止めするために、捨て身の戦法をとったのだ。

「この――！」

「させるかァ！」

起動前に核を潰そうとしたが、残りの一人に阻まれた。これまた、恐るべきことに捨て身だ。男は鬼気迫る顔でナイフと短銃を使って見事に時間を稼いでみせた。

『導力：素材併呑――原色理ノ赤石・内部刻印魔導式――起動【原色ノ赤・六腕鬼兵】』

世界を彩る三原色より、赤の魔導兵が顕現した。

六本腕の鬼神を模した魔導兵は、手に持った刃を振るい、メノウと戦っていた男を背後から貫いた。そのままの勢いで、死角から赤い刃がメノウをも貫かんとする。

「ッ⁉」

迫ってきた赤い刃を弾く。とっさに地面を蹴って、大きく飛びのいた。背後から魔導兵に貫かれた男は、にやりと口端を持ち上げる。

「ふ、ふふ……！　もう遅い。ここから脱出できると思うなよ」

貫かれた男は、絶命の瞬間まで恨み言すらもらさなかった。

体が一気にしぼんでいく。突き刺さった刃が男の血を取り込み、糧としたのだ。その男だけではない。六本腕がそれぞれ携えた刃の向き先は、最初にメノウが倒した男――そして、麻袋に入ったままのアカリへも向けられていた。

「やらせないわよ！」

メノウの口から、怒号が発せられた。

ためらっていては、間に合わない。危険を顧みず、まっすぐ最短距離でアカリの元へ踏み込む。

風を切って、赤い刃が振り抜かれた。

六本腕が、タイミングをずらしてメノウを包囲するように斬りかかってくる。直線に突っ込むメノウの動きを、完全に捉えた六つの剣閃。第三者がいればメノウの五臓六腑が一瞬後にまき散らされるのを幻視しただろう。

常人の三倍の手数を駆使した必殺の連撃は、かすりもしなかった。

『導力：接続――短剣・紋章――発動【疾風】』

魔導兵の刃が振られた瞬間、メノウの持つ短剣から疾風が噴き出した。

練達にして早業（はやわざ）の紋章魔導。噴出する風の力を踏み込みの加速に変えて、メノウは赤い刃をかいくぐる。

「むぅー⁉」

魔導兵の脇を通り過ぎたメノウは、加速した勢いのまま麻袋を回収する。急激な動きに驚いたのか、麻袋の中から悲鳴が上がるが、無視。むにゃんとしたやわらかい感触を俵担ぎにし、一足飛びに距離をとる。

魔導兵は追い打ちをかけなかった。それより先に、メノウが最初に殺した男の死体に刃を突きつけて血を取り込む。

メノウは短く舌打ちをする。

「【六腕鬼兵】……」

原色概念を利用した自律型魔導兵器のひとつだ。人体を基礎とした騎士型の亜種である。

魔導兵はとにかくタフだ。全身が固い上に、核を潰さない限り動き続ける。小手先重視のメノウとは相性（あいしょう）が悪い。しかも今回は、ベースとなった人間の質が高い。テクニカルに動く六本腕と切り合えば、押し切られる恐れがある。

一対一で戦えば負けはしないが、ここは敵地である。魔導兵一体にかまけて、増援に包囲されるなど笑えない。中途半端（ちゅうとはんぱ）に大技を放てば、他の敵も駆けつけてくるだろう。目の前の魔導兵が手に負えないのではなく、総合的な状況で追い詰められていた。

どうするべきか。

打つ手の少なさに歯がみをしていた時だった。

がしゃん、と奥の位置にある鉄格子の扉が揺れる音がした。

アカリ以外に捕らえられている人がいたのか。はっとなって視線を向けた檻の中に、シスター服の少女がいた。

「久しぶり、メノウ」

久しぶり。

この状況でそう挨拶をしてきた人物に、メノウは目を見張った。

緩やかなウェーブがかかった銀髪が目をひく同世代の少女だ。翠色の瞳はとろんと眠たげだが、実際に眠気に襲われているわけではない。目元がそういう形なのだ。

メノウは彼女の名前を知っていた。

「あなた、まさか――サハラ?」

「ええ」

肯定したサハラが、鉄格子の隙間から左手を伸ばす。

「そのリボン、まだつけてたんだ」

捕まって閉じ込められたのか、はたまた別の成り行きか。どういう経緯で彼女がこんなところにいるのか、いまのメノウでは想像もできないが逡巡している暇もない。

「ここから出してくれない？　私は、それなりに役に立つはず」

「わかったわ」

この状況で戦力の増加はありがたい。メノウは鉄格子の鍵に短剣を叩きつけて壊した。

「サハラ。久しぶりのところだけど、つもる話は後にして――」

「ねえ、メノウ」

ぐーぎゅるるぅという盛大な腹の音が入った。

腹の虫の主であるサハラは、ぐったりとした口調で、一言。

「ごめん。お腹が空いて、力が出ない」

「まさかの足手まとい宣言⁉」

そんなくだらないやり取りをしていても、敵は攻撃の手を緩めてはくれない。

とっさに地面に引きずり倒して、鬼兵の攻撃から助ける。

「脱獄できないようにギリギリまで食事が減らされてて……この状況だと、戦力になるって言わなきゃ見捨てられかねないと思ったの。反省はしている」

「知り合いなんだから助けるわよっ」

というか、知り合いでなくとも犯罪集団に捕まっている無辜の人がいるのならば助ける。どれだけ薄情者だと思われているのか。

戦力を増やそうとしたのに、追い詰められた状況でお荷物が増えた。こうなったら、とアカリを麻袋から出す。

「あら、かわいい子」

場にそぐわないほど緊張感のないサハラの感想通り、麻袋の中から出てきたのはかわいらしい少女だった。

黒髪に、元気のよさを示すまん丸の黒い瞳。十六歳という年齢よりも少し幼く見える童顔なのに、体つきの女性らしさは平均以上だ。

「っぷはぁ！　うわーい！　空気がおいしいっ。メノウちゃんありがとうっ。んん？　そちらの銀髪さんはどなたさま――なんか赤い人がいる⁉」

メノウがさるぐつわをほどくなり、胸をそらして深呼吸をし、解放感に喜び、初対面のサハラを見て首を傾げ、最後に刃を向けてきている魔導兵を見て驚愕する。アカリらしい豊かな感情の変化だ。

「あれ、なんか見たことある！　メノウちゃんと最初に会った時の、ほらっ。列車のあれ！」

「そうね。似たような状況よ。だからアカリ。とりあえず静かにしなさい！」

誘拐されても騒がしいアカリを黙らせていると、ひょいとサハラが口を挟んでくる。

「はじめまして、アカリちゃん。綺麗な黒髪に黒目ね。私はサハラ。メノウの昔の女といっても過言じゃない修道女よ」

「え？　…………誰？」

「そっちも後にしなさい」

いまは二人のお気楽な言動にいちいち付き合っている事態ではない。緊張感のなさを一喝してから、なぜか瞳のハイライトを消していたアカリを背後から抱きすくめて押さえつけた。

「ちょっと待って、メノウちゃん！　いまはさっきのそこの人……ええっと、サハラちゃん？　のことを詳しく――」

「アカリ。緊急事態だから、あんたの導力を借りるわよ」

『導力：接続――トキトウ・アカリ――』

「――ぅひゃん！」

耳元でささやくと同時に、メノウの導力がアカリの内部に流入した。自分の中に入りこんできた感覚に、ぞくぞく、とアカリの肩が震える。

他人との導力接続による【力】の操作。本来は苦痛を伴うほどの抵抗にあうのだが、メノウとアカリの場合は話が別だ。導力接続は接続される側の接続者への信頼に比例して、抵抗の値が軽減される。この二人が接続をすると、抵抗の値が『くすぐったい』レベルになるため、メノウはアカリの導力を操るという離れ業ができるのだ。

『抽出【力】――経由・メノウ――』

「ふぅ、んんっ。こ、こんなことをしても、ごまかされな……んんぅ！」

くすぐったいのを我慢しているせいか。身をくねらせるアカリは瞳をうるませ、悩まし気な吐息をこぼす。なにかを訴えようとしているが、言葉にはならなかった。

メノウはアカリから抽出した導力を教典へと注ぎ、魔導構築に集中する。卓越した導力操作を見てか、サハラが感嘆の息を吐く。

「導力接続とは……さすがメノウ。女をたぶらかしてうやむやにすることにかけて、右に出る者はいない」

まったく関係ないところに感心していた。

メノウのこめかみに青筋が浮く。集中力が乱れるから黙っていて欲しかった。思わず怒鳴りつけたくなったが、そんなことに構っている余裕などメノウにはない。ぐっとこらえ、魔導構築に集中。事象展開に移行する。

『教典・三章一節――発動【襲い来る敵対者は聞いた、鳴り響く鐘の音を】』

メノウの手に持つ教典から、巨大な【力】の鐘が形成された。

時を知らせる教会の象徴のひとつ。高く掲げられる教会の鐘を模した魔導は、アカリの膨大な【力】を注ぎ込んだことにより、この建物を丸ごと覆うほどの大きさで顕現した。

この巨大さは、そのまま威力の大きさを示す。

壮麗で壮大な【力】の鐘が左右に振られた。

空間をたわませる音響は、赤の魔導兵を粉みじんに吹き飛ばし、それだけでは到底収まらず周辺すべてを制圧するべく【力】の波動をまき散らす。屋内に突如発生した内圧に、建築物が耐えられたのは数秒だけだ。

一鳴、二鳴――三鳴目で、建物が丸ごと外側に向けて爆散した。

「うわぁ！」

おそるおそる周囲を見渡したアカリは、開けた光景に歓声を上げた。

先ほどまで室内にいたというのに、夜空が見える。周囲を確認してみれば、大小の瓦礫が転がっている。アカリとメノウ。二人を中心にして、ひとつの建物が吹き飛んだのだ。普通ではありえない威力の教典魔導に、サハラも目を見張っている。

「これは……派手」

「メノウちゃんすごい！　さすが清く正しく強い神官さん！　……けど。これ、大丈夫なの？」

「大丈夫よ。どうせロクでもない連中がつくったロクでもない施設だもの。なくなったほうが世のため人のためよ」

禁忌に手を染めるクズに人権などないというのが処刑人の考えだ。

周囲は騒然としている。あちこちの建物から人が駆けつけているが、それは侵入者がどうこうという動きではない。なぜ突然建物が内側からはじけて吹き飛んだのか。泡を食って確認しに来たという様子だ。

すぐに脱出しなくては、と思った時だ。不意にサハラが後ろから絡みついてきた。

「あなたが【器】を……」

なにを、と振り返ったメノウの耳元に、口が寄せられる。

「私を、処刑して」

予想もつかない頼みごとが、聞こえた。

なんのことだと聞き返そうとした時には、サハラはすでにメノウから離れていた。

戸惑いつつも、あとで事情を聞けばいいとメノウがアカリをお姫様抱っこ。導力強化を発動し、同時に導力迷彩で闇夜にまぎれる。

「よし、逃げるわよ。しっかりつかまりなさい」

「あいあいさー！」

「待って、メノウ。私は？　抱っこしてくれないの？」

メノウの首に腕を回したアカリが、元気よく返答。メノウは冷ややかな視線をサハラに送る。

「空腹だかなんだか知らないけど、死ぬ気で走りなさい」

「これは差別……もっと平等に取り扱ってほしい……」

建物ひとつを吹き飛ばして混乱を生みだし、メノウたちはすみやかにその場から退散した。

＊＊＊

どうしたら、あなたのようになれますか。

修道院に入る直前のことだ。初めてシスター服に袖を通した幼い頃のメノウは一度だけ問いかけたことがある。

それは、なにも知らない子供が口にするには思い上がった問いだったのかもしれない。

なにせメノウが問いかけた女性は、処刑人として最も多くの禁忌を狩り続け、生き残った人物だ。彼女がどれだけの経験を積み、どれほどの修羅場を潜り抜け、どうしていまのようになったのか。さして才能もない、それどころか過去の記憶すらなくした子供が求めていい答えではなかったのかもしれない。

それでも、メノウは聞いた。

真っ白に広がる塩の大地を踏んで、自分が処刑人になると決めた。自分の故郷と似た、それよりも遥かに壮大な白い滅びを目にして、あってはならない禁忌を摘む側になろうと思った。その時に生まれた心の目標は、いつも自分の前を歩いていた女性だった。

清く正しく、強い悪人になる。

そう宣言したメノウへ、彼女は言った。

メノウに、自分のすべてを叩きこんでやる、と。

だから最初の準備ができた時、修道服に袖を通した日に問いかけたのだ。

どうしたら、あなたのようになれますか、と。

「バカめ」

無垢な問いを聞いて、赤黒い髪をした神官は口を大きく開けて吐き出すように笑った。

幼いメノウの頭を押さえつけるように手を乗せる。彼女は左手に教典を抱え、右手はいつでも武器を抜けるように手ぶらにしていた。だから頭に手を置く時は、いつも刃を握って振るう右手だった。

「メノウ。お前に私のすべてを叩きこむにあたり、まずはひとつ覚えておけ。私のようになりたいなど、その願望がすでに私から遥か遠い」

導師『陽炎』は、皮肉っぽく口元を歪めてメノウへと語り聞かせる。

「お前はあまりに知らな過ぎる。まずは人の心を知れ。そうすれば他人を踏みにじれる。次にこの世の理を知れ。そうすれば世間を出し抜ける。最後に星の真実を知れ。そうすれば、自分に諦めもつく」

史上最多の禁忌狩り。この世に数多生まれ続ける理外と敵対して、生き残った女性は一体なにを見たのか。

「正しいことが間違いであり、正義こそが悪であり、勝利と敗北は同義で、始まりが終わりであることを理解しろ。いま、貴様が『どうにかしよう』と思っているより、この世界は単純にどうしようもないことを知れ」

導師が、メノウの頭から手をどけた。やさしく頭を撫でられたことなどなく、整えられたこともないメノウの栗毛は無造作そのものだ。

「そうして少しだけ大人になり、幸福を摑む機会を手に入れた時、お前は私のようになりたくないと思うだろう。その時に初めて一歩、お前は私に近づける」

つまらなさそうに言い捨てて、導師は歩き始める。

「そのために、お前に私のすべてを叩きこんでやるんだ」

メノウは歩き始めた彼女の背中を目で追った。

なにが言いたかったのだろうか。幼いメノウはしばし小首を傾げたまま考えて、結局、答えを出すことはできなかった。

だから、彼女の背中を小走りで追いかけた。赤黒い髪を目印にして進んだ。

いままでそうしていたように。

そして、これからもそうするだろうことを知って、メノウは彼女の背中を見上げて後を追った。

なにを守りたいのかも知らず。

ただ、人を守りたいなどと、幼い気持ちを抱いたまま。

メノウは赤く染まる道を歩き始めた。

＊＊＊

「なんだァ、これは」

手の施しようがないほどに壊滅した建物の前に、二人の男がいた。

一人は四十手前の年齢ながら、鍛え上げられた体躯（たいく）の男だ。顔つきには落ちつきよりも凶暴さが前面に出ている。

彼の名前はヴォルフ。砂漠の基地にいる武装集団『鉄鎖（てっさ）』をまとめあげる団長だ。

「商品を閉じ込めておく檻が滅茶苦茶（めちゃくちゃ）じゃねえか。砂漠に名だたる我らが『鉄鎖』の基地が、どうしたらこんな様になってくれるんだか。強襲に出た連中が無事に戻ってきたって報告を聞いたから様子を見に来てみれば、ひでぇ有様だ。なあ、ミラー。これはどういうことだよ」

「そう難しい話でもないだろう」

ミラーと呼ばれたのは、まだ若い二十代半ばに見える青年だ。ヴォルフとは対照的に細身ながらも、頼りない印象はない。爬虫類を連想させる冷ややかな目をしていた。

彼はしゃがみ込んで、崩れ落ちた建物の跡地を検分していた。崩壊に巻き込まれたせいで荒れている中、明らかに異質な足跡があることを見抜く。

純粋に小さい足跡が、三種類。

この基地にいる彼らの手下は全員が男だ。特別小柄なものもいない。となると、この足跡の主は明白だ。目を凝らした彼は、地面からなにかをつまみあげる。

長い、淡い栗毛の髪の毛だ。

ミラーがつまんだ髪の毛を見ただけで、ヴォルフはおおよその事情を悟る。

「なるほどなるほどぉ？　栗毛、なぁ。となると、建物を吹っ飛ばしたのはあの銀髪の修道女の仕業じゃねえし、異世界人が自力で逃げたわけでもねぇな。異世界人は黒髪って決まってやがるからな」

「ああ。こいつは神官のほうだ」

「つまり、護衛の神官ごときに基地にまで侵入され、建物ぶっとばされて挙句に逃がしたと……まあ、俺は寛大な男だ。死んだ奴(やつ)らのことは広い心で許してやるさ。計画には直接関係ない建物だったしな」

「それで、どうする」

「さてなァ」

ミラーの問いに、ヴォルフは腕を組む。

「いまは人さらいは休業中だ。わかってるだろう？　必要なのは、人じゃねえ。素材だ。わざわざ龍脈のないここが選ばれた理由は、第一身分(ファウスト)に気がつかれないようにするためだぞ」

「ああ。だが、人は素材になる。この基地の改造も終わった。あの異世界人の導力があれば、それだけで足りる可能性もある。俺たちの目的は『彼』の解放だ。どんな小規模でもここが東部未開拓領域――『絡繰り世(からくりよ)』とつながれば、おのずと目的は達成できる」

二人の男は頷き合う。

「そうとくれば多少の命は惜しむことはねえな。もうひと当てぐらいはしてもいいだろうよ」

ヴォルフはとある方角に顔を向ける。この砂漠は、広いようで通れる場所は決まっている。

「部下を連れてオアシスの補給地に先回りしろ。黒髪の女を連れた栗毛の神官、それと義腕の修道女だ。若い女の三人連れとくりゃ、あそこじゃ相当目立つ。全員、生け捕りが望ましいが――ま、無理なら死体でも構わねえ。導力は惜しいが、最悪、素材にさえなればいい」

「わかった。戦いは歓迎だ」

団長の指示に頷いたミラーは、指でつまんでいた髪の毛をふっと息で飛ばす。

「俺もレベルを上げたいからな」

「はっはっはぁ！　そうだな。『陽炎の後継(フレアート)』を殺して四大人災(ヒューマン・エラー)の一部を解放すりゃ、俺たちもステップアップできるってもんだ！」

双眸(そうぼう)をぎらぎらと危険に光らせ、ヴォルフは笑い声を上げた。

二章 裏切り者の瞳

朝日の気配に、メノウは目を覚ました。

夜明けの光に野生の生き物が動き出す時刻。宵闇が破られたのを契機に、朝日を求めて活発に動き出そうとしている生命のざわめきが、メノウの睡眠を打ち破った。

「……朝、ね」

浅い眠りから意識の覚醒への移行はスムーズだった。

アカリが誘拐され、それを取り戻す際に派手な立ち回りをこなした夜が明けたのである。あの基地から離れたメノウは、なにかあれば即座に対応できる程度の眠りを保っていた。片膝を立てた体勢で目を閉じていたメノウは周囲の気配を探り、就寝前からとりたてて異常がなかったことを確認する。

昨夜の被害者であるアカリはメノウの傍で眠っている。

メノウと同じ年齢のはずだが顔立ちはやや幼めで、緩み切った寝顔はさらに子供っぽい。身長もほぼ同じなくせに、要所の発育はやたらといいのはなんなのか。くせっ毛気味の黒髪は、いつもは花飾り付きのカチューシャを付けて押さえているのだが、就寝中のいまは外されていた。昨晩誘拐されたばかりだというのに、よくぞまあと感心してしまうほどの爆睡ぶりだ。

トキトウ・アカリ。

異世界からの『迷い人』にして、純粋概念という驚異の魔導を身に宿している少女だ。

「んぁー」

頬（ほお）をつついてみると、むずかりつつもごろんと寝返りを打った。これならばしばらく目を覚まさないだろうと、メノウはもう一人に視線を移す。

テントの出入り口付近にいるのは、昨日、成り行きで檻（おり）から助けたシスター服の少女だ。

緩やかなウェーブのかかった銀髪を持つ、涼し気な風情の少女だ。黒が基調のシスター服を身に纏（まと）っている。昨夜は気がつかなかったが、彼女の右腕は生身ではなかった。非常に特徴的な、銀の籠手（こて）と見まがう義腕になっている。

導力義肢。

それはただの義腕ではない。導力は魂から発生する【力】を精神で律し、肉体に満ちるものである。その性質を逆用して、義肢を肉体から精神に接続し、魂の【力】とつなげることで生身と遜色なく動かせる高度な導器だ。

それを体に接続しているサハラは、テントの出入り口に座ってすやすやと寝息を立てていた。

ちなみに彼女には、交代で見張りの番を頼んでいた。

「……」

メノウは無言で手近にあった小物を摑み、サハラの後頭部めがけて投げつけた。見事、眠りこけていた銀髪にクリーンヒット。目を覚ましたサハラはきょろきょろと不審そうに周囲を確認する。

眠気覚ましに頭を振って銀髪を揺らしてから、自分の頭にぶつかった小物を発見。これが投げつけられたのかと不服そうな顔を向けてくる。

「ふわぁ……いきなりなにをするのかしら、メノウ」

「本当にたたき起こされた理由がわからないの？」

あくび混じりで文句を垂れてきたサハラに、にっこり笑顔ですごみつつ返答する。不寝番を居眠りで過ごしたサハラはあさっての方角に目をそらした。

「気にすることはないわ。睡眠の重要性に比べれば、見張り中の居眠りなんて些細なことよ。だってなにも起こらなかったもの。つまり私が居眠りをしていてもなんの問題もなかったということでしょう？」

ぬけぬけと言いのけるサハラに反省の色は見えない。メノウは閉口しつつも、直接的な追っ手がなかった幸運に感謝する。

建物をひとつ吹き飛ばすという派手な置き土産が功を奏して、彼らは後処理に追われているのか。もしくは先回りを優先したのか。追加の襲撃はなかった。

「ま、それはさておき、よ」

メノウは腰を上げながら、再度アカリの様子を確認する。さっき見た通り、サハラとの会話でもまるで目を覚ます気配はない。根本的に寝起きが悪いのだ。

「ちょっと外に出ましょうか。……あなたの事情を、ちゃんと説明してもらうわよ」

「わかった。洗いざらい話すから、かつ丼の準備をお願いね」

「その意味不明な性格になった理由も含めてきっちりと説明してもらうから」

テントの出入り口の布を持ち上げ、二人は外に出た。


地面が、波を打っていた。

細かい砂の粒が、風に吹かれて寄せては返して舞い踊る。砂の景色を陸の海とするならば、大きく隆起する砂の丘は静止した大波か。遠くさざ波立つ風紋を見ていると、いま自分が立っている地面が流体の一種なのではないかと錯覚してしまうほどだ。

眼前に広がる風景こそ、いまメノウたちが進んでいる広大な砂漠だった。

大陸中央部の未開拓領域、バラル砂漠。

ここは人類が国家建設を諦(あきら)めた、広大な砂漠地帯だ。年間降雨量が蒸発量を下回るために、植物すらもほとんど存在しない不毛の大地。純粋に環境によって人が住めなくなった砂漠地帯だ。

見渡す限りが黄土色の砂一色。古代文明期の遺跡がところどころ点在しているものの、ここまで綺麗な砂の砂漠は大陸全体を見ても決して多くはない。

メノウとサハラはテントからつかず離れず、アカリが万が一目覚めても会話が聞こえない距離で立ち止まる。

「改めて、久しぶりね、サハラ」

「ええ。久しぶり、メノウ」

互いに、にこりともせず名前を呼び合う。

修道女、サハラ。

美しい銀髪に眠たげな目元と飄々とした口調の彼女のことを、メノウは記憶していた。

サハラはメノウやモモと同じ修道院で育った少女だ。

入所した時期はサハラが少し早かったが、年齢はメノウと一緒だったはずだ。あの異常な修道院の中で、ほとんど同期といってもいい少女である。

そしてサハラは、メノウが解放した時に修道院を離れた子供の一人だった。

「メノウの噂は常々、聞いている。任務の行く先々で事件を解決しながら関わる女の子をたぶらかしていく、凄腕の処刑人になったんだってね。おめでとう」

穏やかな微笑みで、煽っているとしか思えない挨拶を投げかけてくる。

修道院を離れて以後のことは知らなかったが、ずいぶんと愉快な性格になったようだ。少なくとも昔はもうちょっと普通な性格をしていた。

サハラはそっと修道服の胸元(むなもと)に左手を当て、楚々(そそ)とした口調で続ける。

「私も美少女として身の危険を感じるけど……メノウにならら、大丈夫。あなたとは幼い頃(ころ)からの知り合いだもの。覚悟は、できてる」

「ていっ」

根も葉もない噂をどこで仕入れたのか、それともサハラ自身の妄想なのか。無用な覚悟を決めている妄言吐きをこらしめるべく、足払いをかけて転ばせて砂まみれにさせる。

「それで、昨日の基地のことだけど。詳しく話してくれるかしら」

「おかしいわね。私はいま、なんで転ばされたのかしら……」

本当にわかっていないのか。首をひねって起き上がったサハラが、砂を払いながら立ち上がる。

「奴(やつ)らのことなら、昨夜のうちに話した通りよ」

昨夜の基地の集団がどのような目的を持っているのか。どうしてアカリを狙(ねら)ったのか。そのことについては、囚(とら)われの身になっていたサハラから聞いた情報を元に推測を組み立てていた。

アカリが襲われたというのは、やはり偶然ではなかった。

なにせメノウは神官だ。傍(はた)から見ても神官であることがわかりやすいよう、藍色が基調となっている神官服を着ている。機能上の問題でスリットを大胆に入れた改造を施しているものの、メノウが第一身分(ファウスト)に所属していることは見ればわかる。

この世界で、第一身分（ファウスト）に選出された神官の優秀さを疑う人間はいない。

昨日の男たちは、神官を襲撃するというリスクを負ってまでアカリの誘拐を目論（もくろ）んだ。つまり彼らはアカリの価値を――アカリが純粋概念を魂に秘める異世界人だと知っていたと考えるべきだ。

その裏付けとなる情報をサハラが語る。

「奴らの組織名は『鉄鎖（てっさ）』。冒険者とは名ばかりの、人さらいが本業の武装集団。領域国家の町で目星をつけた人間をさらい、砂漠で売りさばく人間のクズよ」

領域国家では、人身売買は全面的に禁止されている。

だが撲滅には至っていない。陰に隠れて、人を人とも思わない売買が繰り広げられている。未開拓領域は国家に属していないため、違法取引の現場として最適なのだ。

「ふざけたことに奴らは、『高級な人材』を売買していると喧伝（けんでん）している」

「高級、ね」

高級などと銘打つからには、娼館に売りつけたり、強制労働を目的としたものではない。

なにせこの世界には、人を生贄（いけにえ）として発動することができる『原罪魔導』が存在する。

人体の消費が激しい禁忌魔導の研究者にとって、人の仕入れは必須だ。そうでなくとも、魔導的に珍しい性質を持つ人間は素材として禁忌魔導の研究者に高く売れる。

「なるほど、アカリが狙われるわけね」

「そういうこと。どこかから情報が漏(も)れたみたいね。あなたたちは奴らに目を付けられたわ。『鉄鎖』の幹部は大陸全土に指名手配されている凶悪犯よ」

魔導素材として最高級な人間といえば、日本からやってきた異世界人である。大枚積んででも手に入れたいと願う人間は、残念ながら少なくない。

そして異世界人であるアカリを連れ歩くメノウの旅は、少々派手な事件に巻き込まれ過ぎた。古都ガルムでは、第一身分(ファウスト)の頂点にほど近い大司教オーウェルが敵だった。異世界人の純粋概念を持つアカリと、さらには特異な体質のメノウをも魔導素材として狙い、二人を捕らえようとした難敵だった。

次にたどり着いたリベールの港町では、第二身分(ノブレス)の少女、マノン・リベールが引き起こした『魔薬』騒動が発端となり、伝説の人災(ヒューマン・エラー)『万魔殿(パンデモニウム)』と戦った。かつて栄華を誇った文明を打ち滅ぼす四つの人災(ヒューマン・エラー)のひとつに相応(ふさわ)しく、超越的な力を振るった幼女との闘いは熾烈(しれつ)を極(きわ)めた。

「それで、あなたはどうしてさらわれていたの?」

「私が美少女だからよ」

「……」

「私が、美少女だからよ」

二度繰り返そうが、反応する気はない。メノウの黙殺に、サハラはしぶしぶ口を開いた。

「この腕が、原因」

「その右腕は……」

サハラの右腕に視線を走らせる。

再会した時から気になっていた部分だ。どうやら生身と遜色なく動く高精度な義肢なようだが、仮初のものであることには違いない。あの修道院にいた時のサハラの右腕は、義腕ではなかった。メノウのあずかり知らぬところで、サハラの右腕が肩から欠損する出来事があったのだ。

サハラが何気ないそぶりで右腕を動かす。口元には自慢げな笑みが湛えられていた。

「カッコいいでしょ。ぶい」

「……ねえ、その性格はなんなの？　ストレスでもたまっているの？」

「愚問。私は昔からこんな感じ」

あからさまな嘘だ。メノウはピースサインをつくった義肢に白けた目を送った。

「ともあれ、この腕があなたに頼んだ理由でもある。私は東部未開拓領域の『絡繰り世』防衛線にいた。そこで生身の腕をなくして、代わりの腕が漂着した」

告げられた真実に、メノウは息を呑む。

「『絡繰り世』っていうことは……もしかして、その腕って導力義肢じゃなくて、魔導兵の一部なの？」

「そう。私に漂着した【器】を討滅してほしい。放っておけば、私はこの右腕に飲み込まれて魔導兵になる。その前に、この腕をどうにかしたい。ついでに、この腕を目当てに私をさらった、昨日の連中も」

「……」

無言で思考を整理する。

『絡繰り世』で起こることはメノウも知っていた。あそこでは時として人が魔導兵に変わる。処刑人として正しい判断は、サハラの提案を受け入れることではなかった。

ここで、いますぐサハラを殺すことこそが、正しい。

「私を殺す?」

サハラがまっすぐ見つめ返してきた。なぜかメノウは動揺してしまった。

「どうにかできる、あてがあるの?」

「それはこっちが聞きたい。禁忌の処刑人のメノウなら、知ってるかもって頼っている」

「……わかっているとは思うけど」

沈黙の間に考えをまとめたメノウは、口を開く。

「私の最優先任務は、アカリよ」

「わかっている」

アカリの容姿を見て、サハラも彼女が純粋概念の持ち主である『迷い人』であることを察していたのだろう。異世界人に関わる禁忌は、他の犯罪と比べて優先度が高くなることはサハラも承知済みだ。

「ただね、メノウ。どちらにせよあなたたちは狙われている」

ずばり、メノウが抱えている現状の問題を言い当てた。

サハラの言う通りだ。ここに来る前に、メノウは彼らに襲撃された。関わるか関わらないかの選択肢はすでにない。

一度捕捉されてしまったからには、相手の動きを知らないままでいるというのは賢い対処ではない。

「捕まえられている時に知ったけど、『鉄鎖』の調査をしている騎士も動いている。そこにメノウが協力してくれれば、相手の動きは二つに絞られる。拠点を捨てて逃げるか、全力で迎え撃つか」

グリザリカ王国での、大司教オーウェルの処刑。『万魔殿』の撃退。大き過ぎる成果を挙げた『陽炎の後継』の名前は裏の世界で畏れられつつある。

その処刑人に狙われたと知られれば、無視はできないのだ。

「逃げるとしたら、追い打ちができる。幹部は逃すかもしれないけど、痛手は食らわせられる」

「相手が攻撃に転じたら？」

「全力で来る。奴らは半端なことはしないはずだから、うまくすれば壊滅させられる」

逃げてくれればよし。『鉄鎖』の幹部には逃げられるだろうが、活動に支障をきたす程度の被害は与えられる。もし迎え撃つ姿勢をとられたら、昨日の基地を見る限り厳しい戦いになるだろう。それでもメノウたちの戦力が増えれば撃退は可能だとサハラは考えているわけだ。

どちらにせよ、アカリとメノウの二人だけで行動するよりは悪くならない。

「アカリと旅をしていると、こんなのばっかりね」

メノウは処刑人。本来ならば禁忌を狩りとるために攻める側に回るはずが、後手に回っての守勢だ。まるで護衛が本職のようだとため息を吐く。

わき目もふらずに逃げに徹するという選択もあるが、それを選ぶにはいまは場所が悪い。

この環境でアカリも連れているとなると、強行軍で距離を稼ぐことも難しい。砂漠横断の途中で先日と同等の練度を持つ襲撃者につけ狙われることになるならば、一度、腰を据えて対策するべきだ。

そうなると、とどまれる場所はひとつしかない。

「サハラ。あなたの腕のことは後で考えるとして、まずは『鉄鎖』の調査をしている騎士を探しにオアシスに行くことになるわね」

「妥当なところね」

脳内に叩き込んでいる地図を思い描き、目的地を決める。広大な砂漠の最中、特殊なオアシスを擁する補給地があるのだ。

砂漠の補給地、バラルのオアシス。

メノウは置いてあった教典を取り出し、ページを開く。

『導力：接続――教典・一章四節――発動【主の御心は天地に通じ、千里のかなたまでいく】』

導力を注ぎこんで発動させたのは、導力の同調処理を施した教典に連絡を送るための通信魔導だ。メノウの教典は、同じ修道院で育った後輩で処刑人としての補佐官である少女、モモの教典と連絡が取れるようになっている。片方の教典があまり離れていると発動しないのだが幸い圏内だった。

第一身分の占有魔導、教典での通信魔導の発動を見たサハラが眉根を寄せる。

「モモへ連絡するの？」

「ええ。大幅に行動が変わるもの」

「……モモには、私のことを伏せておいてくれない？」

「どうして？」

「メノウも知っているとは思うけど」

言葉を切ったサハラが真顔になる。

「私とモモって、ものすごく仲が悪いの」

「…………」

「ものすごーく、仲が悪いの」

黙り込んだメノウに、同じ言葉が繰り返される。

サハラとモモの仲が悪い。なるほど、その通りだ。メノウも知っていた。正直なところ、モモがメノウ以外の誰かと仲よくして心を開いているところを見たことがないのだが、サハラとモモの間柄はそれ以前の問題だ。不仲の理由も含めて、よくよく知っていた。

「私がいるって聞いたら、下手すればあの子がここに殴りこんできかねない。私を殴るためだけに、ね」

「それは、ないとは思うけど……」

それは絶対にありえないと笑い飛ばせない程度には、二人の仲は険悪だ。

モモは優秀な補佐官ではあるのだが、感情的過ぎるきらいがある。特にメノウに関わる事柄ではその傾向が顕著だ。

そしてサハラとモモの不仲の原因は、まぎれもなくメノウが争点となっていた。モモからはそう聞いている。

「……任務中の修道女を保護して協力を求められたってことだけ伝えるわ。名前は出さないでおく。それでいい？」

「ありがとう。お礼に、この体を好きにしていい。我ながら魅力的だと思っている」

「労働力の提供ありがとう。遠慮なく、限界ぎりぎりまで働いてもらうわね」

「ひどい曲解……」

悲し気な顔をしているサハラは無視して、離れて行動している自分の後輩へと事の経緯を導力の文字で綴って送る。

応答はすぐにあった。続けて、導力で綴られる文字で離れた場所にいるモモと連絡をかわす。数度のやり取りで、互いの状況を把握し、これからの行動を取り決める。

「『鉄鎖』との戦いに協力してくれそうな騎士との連絡は、モモに任せたわ」

「そう」

身内で喧嘩が始まっても困る。モモに関しては頑ななサハラの態度に肩をすくめてテントに戻った。中では、まだアカリが健やかな寝息を立てている。

「……アカリ。起きなさい」

メノウのモーニングコールに、ごろりと寝返りを打つ。

「うみゃにあがぅー」

意味不明な鳴き声を出した。

どうも起きる気配はない。

寝ぼけているのかなんなのか、アカリがメノウの腕を引き寄せ胸元に抱き寄せた。軽く揺すってみれば、なぜか逆に腕にしがみついてきた。抱き枕と勘違いでもしているのか、がっちりと力強くホールドしてくる始末だ。

微笑ましい様子を見て、サハラがわざとらしくメノウの耳元に口を寄せた。

「すごーく、懐かれてる」

「……信用されるのも任務の内よ。疑われたら、一緒に旅もできないもの」

「これは苦しい言い訳。やっぱり女たらしの噂は本当だった」

サハラの戯言は無視した。

これでは立ち上がるのもままならない。メノウは抱えられたのとは逆の手で無言のままアカリの頬を指でつまみ、ふにーっと引っ張る。

「……うみゃあ」

アカリがむずかるように顔を背けた。自然と頬から指は外れたが、やはり目を覚ます様子はない。

むにゃむにゃ口の中で言葉にならない寝言を漏らしているアカリの寝顔に、くすりと微笑む。アカリの寝起きはあまりよろしくないのだ。そうでなくとも、昨夜の一件もある。精神的な疲労から、朝早く起きられなくても無理はない。

「まあ、起こすけどね」

それとこれとは話が別である。昼前にオアシスに着きたいのが本音だ。

頬から手を離したメノウは、ぴんっと鼻を弾く。寝起きの悪いアカリの簡単な起こし方だ。

「ふぁう?」

「はい、おはよう」

案の定、目を覚ました。アカリは無意識で鼻をさすりながら、上半身を起こして寝ぼけ眼(まなこ)をメノウに向ける。

「おはよー、メノウちゃん。もう朝ぁ？　早くなぁい？」

「もう朝よ。朝は早くから歩くのが巡礼の基本……というか、砂漠の真っ昼間を歩くなんて冗談じゃないわよ。日差(ひざ)しがきつくなる前に早朝から歩くのが合理的ってものなの」

まだ眠気で頭が回っていないアカリの頬をぷにぷにと指先でつつく。

「あんたは誘拐された直後でよく爆睡できるわね。図太い精神してるわよ、ほんと」

「だってメノウちゃんが傍にいたもん……メノウちゃんがいれば、安心……」

うつらうつらと船をこぎ始めた。上半身だけ起き上がろうとも、やはり眠気には勝てないのか。ぐだーっと伸(の)し掛かってくる。アカリはメノウより体温が高めなため、熱がひしひしと伝わってくる。

「メノウちゃんは、ひんやりさん……」

「おーい。いい加減、目を覚ましなさい？」

「んー。やーだぁー。メノウちゃんは、やさしいし……二度寝をゆるしふみゃぁ」

しゃべっている途中で寝落ちをした。

二度寝など時間の無駄の極みである。寝かせてたまるかとアカリの鼻と、ついでに唇を開けられないように指でつまむ。こうすれば呼吸ができないで起きるだろうと力を込めていると、ひょいっとサハラが顔を覗き込む。

「やさしい、だって。その子へのやさしさを、私にも分けてくれない？」

「別に、やさしくなんてないわよ」

からかってくるサハラを受け流す。

やさしいなど、見当はずれな言葉だ。

アカリとはもう二カ月近くも旅をしてきた。メノウはいままで多くの対象と接触してきたが、本来の役目は護衛ではない。

暗殺だ。

事実、メノウはアカリ以前の対象者のほとんどを短期間で処理してきた。禁忌に含まれるのは犠牲者を多く出してきた極悪人だけではない。アカリと同じ、異世界から来たというだけでなんの罪も犯していない『迷い人』も数多い。

「この子は『迷い人』で、あなたは処刑人。……そんなに仲がよさそうで、大丈夫なの？」

「当然でしょう。それが任務だもの」

再会したばかりのサハラに心配されるようなことでもない。

確かにメノウはこれほど長期間、抹殺対象と交流することはなかった。しかもアカリとの旅は、処刑人であるメノウからしても波瀾万丈といって差し支えない事件にばかり直面している。

だからこそ、純粋概念というものの危うさを知っている。

リベールで出会った、万魔殿（パンデモニウム）。自分の名前すらなくして、この星の【魔】になりきってしまったあの人災（ヒューマン・エラー）ですら、もとはただの少女だった。

異世界人に付与された純粋概念は、そんな人々であっても容赦なく蝕（むしば）み、記憶を削り尊厳を奪い去る。その現象を指して、『世界が異世界人に役目を求めているのだ』と言った少女もいた。

メノウはアカリを殺さなければならない。彼女が彼女のままであるうちに、すべてを終わらせる。

彼女のために彼女を殺すのだ。

それはそれとして。

「……起きないわね、こいつ」

頑固に眠り続けるアカリが窒息死しないか、ちょっと心配になった。


同時刻。

メノウからの連絡を受け取って、一足先にオアシスの補給地で行動を開始していたモモは葛藤（かっとう）していた。

小柄な体を包む雰囲気は不機嫌そのものだ。目を険悪にして唇を尖（とが）らせ、むすっとした様子を隠そうともしない。心中に渦巻くのは、やらねばならないとわかっていることと、できるならばやりたくないと望む心のぶつかり合いだ。

モモは基本的に、他人のことが嫌いだ。人間嫌いだと評しても間違いではない。メノウ以外の人間を信用したことなどないし、メノウ以外の人間を好きになったこともない。

モモの役目はメノウの旅に陰から随行し、サポートをしていくことだ。第一身分（ファウスト）の一人として、処刑人の補佐官として、なによりメノウの後輩として、モモは自分の役目を疑ったことなどない。

いまはリベールで負傷した後れを取り戻したばかりだ。ようやく旅程に余裕ができたところで頼まれた仕事をこなすべく、モモは気合いを入れていた。メノウから振られる仕事に否（いな）やはない。全力で取り組むまでであると腕まくりをしていた。

そうして情報収集をした結果、『鉄鎖』との戦いに協力してくれそうな騎士とやらはあっさりと判明した。しかも、そのリーダーは知り合いだった。

包み隠さず端的に明かすと、アーシュナ・グリザリカだった。

モモは迷った。アーシュナとは浅からぬ因縁がある。なんでここにいるんだあの姫ちゃまという疑問はさておき、彼女に話しかける踏ん切りがなかなかつかなかった。

モモがアーシュナのことを普通に嫌いだというのが原因だが、さらにもうひとつ。

「こっちから、姫ちゃまに話しかけるなんて……！」

プライドの問題だった。

いままでの出会いは、ことごとくアーシュナが一方的にモモへ絡(から)んできたものである。それを嫌(いや)がっていた自分がアーシュナに話しかける。するとどうだ。モモがどんな理由でもってどのような態度で接触しようが、向こうが大喜びをする様が目に浮かぶからこそ耐(た)え難(がた)かった。

誰が嫌いな人物を喜ばせたいだろうか。

繰り返すようだが、モモは他人が嫌いだ。特にアーシュナは嫌いだ。できることならばアーシュナには不幸になって欲しいと祈っている。

それでも仕方がない。

たっぷり数十秒悩んだモモは、これは任務であると自分に言い聞かせ、義務感オンリーでアーシュナと接触する決断を下した。苦渋の決断だった。

さて、そうなればいかにアーシュナが嫌がる態度をとるべきかだと熟考。モモは完全な仮面を自分の表情として張りつけ、アーシュナが宿泊しているホテルに訪れた。

「お久しぶりです、殿下」

「……?」

モモが丁寧な口調で話しかけると、応対に出たアーシュナがきょとんとした。

「お？　お、おお。モモじゃないか！　元気そうでなによりだ。君のほうから話しかけてくれるとは珍しいが、いつもみたいに遠慮なくちゃま呼びをしてくれていいんだぞ」

「なんのことでしょうか。そのような失礼な口を利くなど、主に仕えるものとしてあるまじきことです。第一身分も第二身分も、形は違えどもともに主に仕えて世界を支える存在。互いに敬意をもって接するべきと、古来よりの習わしです」

本心が一言もない営業モードのまま部屋に入って席に着く。

モモは人嫌いだが、それでも体面を取り繕うことは得意である。

処刑人になるための訓練の結果か、天性の素質ゆえか。内心でどう思っていようとも外面に出さずに演技を貫き通すことができる対話術を誇っている。

「ところでモモ」

「なんでしょうか」

「『センパイ』のことなんだが――」

「ああん？」

一瞬で、演技が崩壊した。

アーシュナがにやりと笑う。

「やはり、そっちのほうがいいな。改めて、元気なようでなによりだ」

「……ちっ。姫ちゃまを目にしたせいで私の元気さが消え失せたんですけど、どうしてくれるんですか？」

モモはあからさまな舌打ちを飛ばす。

「なんで姫ちゃま、ここにいるんですか？　まさか私たちのストーカーをしてるわけじゃないですよね」

「心外だな。基本、私が先に到着していることがほとんどだろう？　時系列的には『センパイ』とモモが後からついてきているんだ。後追いの者にストーカー呼ばわりされるのは道理が通らない。だろう？」

センパイ。

苛立たしく指でテーブルを叩いてモモはその呼び名に眉をしかめる。

モモが毒で倒れた町、リベールでメノウとアーシュナが共闘をしたのは聞いた。敵が敵だったため、二人が手を組む事態となったのだ。

だが、そもそもアーシュナにメノウの情報が漏れた遠因がモモにあることは『センパイ』という呼び名からも明白だ。それが著しく気に食わない。

「とはいえ、今回ばかりは『センパイ』に用があった」

あっさりと前言を翻す。

「……先輩に用っていうのはなんですか」

「さて……まあ、モモならいいか」

一瞬だけ思考を巡らし、接触してきた目的を告げる。

「旅の途中の君にまで情報がいっているかどうかは知らないが、我が祖国でとんでもない事件が起きていてな。情報の封鎖もしているのだが……『第四（フォース）』の元盟主が脱獄した。脱獄の手引きをしたのは、青髪を三つ編みにした、着物を纏った十六、七の少女だったよ」

「そいつって、もしかして……」

「ああ、マノン・リベールは生きていると考えたほうがいい」

アーシュナの断言を聞いて、モモは眉をひそめた。

「あの女は死んだと聞きましたけど？」

マノン・リベール。

リベールの港町で多くの人間を巻き込んで災厄をばらまいた人物だ。モモもあの町ではいささか痛い目に遭わされている。

だがその事件の過程でマノンは死んだはずだ。メノウが人の生き死にを取り違えるとも思えない。

「確かに死んだのだろうさ。だが彼女の死に際には『万魔殿（パンデモニウム）』が傍（そば）にいたのだろう？　聞いた事情から察するに、おそらくはマノンは死後『万魔殿（パンデモニウム）』によって悪魔に……導力生命体として生まれ直した」

生命の定義は、肉体、魂、精神の三要素が揃（そろ）っていることだ。奇跡的ともいえるバランスで均衡を保っている三要素に手を加えることは容易ではない。ましてや一から創り出すとなれば、夢物語である。

それをなしえるからこその、四大人災（ヒューマン・エラー）『万魔殿（パンデモニウム）』だ。

彼女は己（おのれ）の純粋概念でもって、肉体、魂、精神を粘土のようにいじくりまわすことができる。

「なるほど。死んだばかりのマノン・リベールの遺体から魂と精神を保持し、肉体を別のなにかで作ったということですか」

「そう考えれば筋は通る」

ふうんと気のない風に頷（うなず）いた。その裏で、マノンが生きているという事実がどのような影響をメノウに与えるか、頭を回転させる。

「それで、その報告も兼ねて『センパイ』と会いたいのだがな。モモにコンタクトを頼んでいいか？」

「はあ？　なんで先輩と姫ちゃまを会わせなきゃいけないんですか？　用件なら私が聞くので、さっさと話してください」

「なに、ちょうどいいところがある。バラルのオアシスの水辺に、グリザリカ王家の所有地があるんだ。モモも来るか？」

アーシュナの提案に渋っていたモモだが、その所有地の場所を聞いて一転。態度を百八十度翻して、がしりとアーシュナの手を握った。

「生まれて初めてお前の存在を肯定的に捉（とら）えることができました、姫ちゃま！」

大陸西部に、美しい町があった。

都市に住まう住民を支える清冽（せいれつ）な泉の水源である『水の塔』の最上部は庭園となっている。

塔の全周を滝のように流れ落ちているという外部から見ても壮麗な光景は、内側から見ればもはや神秘的とすらいえる眺めになっている。

石造りの床が広がる屋上のさらに少し上。虚空（こくう）から水が生成され、水の膜がアーチを描いて天井（てんじょう）を作り出している。地脈ではなく、天脈の恩恵を受けとり水源となる施設だ。世界的にも珍しい、千年前から稼働し続ける巨大な古代遺跡である。

その最上部で、マノン・リベールはゆっくりと散歩をしていた。

「素晴らしい光景ですね」

「ねー。『絡繰り世（からくりよ）』とは大違いだわ。こっちのほうが、ずうっとセンスがあって素敵」

着物を纏い、袖（そで）を揺らして歩くマノンの感嘆に同意を示したのは、幼い少女だった。

ほんの少し前まで、東部未開拓領域にいた幼女。万魔殿（パンデモニウム）その人である。

「きらきらしてて、手を伸ばせば光がつかめそうだわ」

「あら、素敵な表現ですね」

天井のようにアーチを描いて屋上を覆（おお）っている水の膜に手を伸ばしたのは、黒髪黒目の十歳ほどの幼女だ。年相応にこまっしゃくれた口ぶりながら、育ちのよさを感じさせる上品さがある。二人は手をつないで、屋上庭園をゆったりと歩いていた。

水の膜に覆われた塔の屋上は下界の喧騒から切り離された美しい空間になっている。色とりどりの花を咲かせる花壇を通り過ぎれば、なだらかな芝生広場があり、風に葉を揺らす林道へと続いている。

天脈の導力を引き込んでいるため、導力光が絶えることなく降り注いでいる。上を見上げれば白く泡立って流れる水の膜に光が降りかかり、水中に光の粒が乱舞する。

水底から水面を見上げているような美しさだ。

星の彩る夜よりも神秘的な光景。水と空の庭園だ。

「グリザリカ王国から、遠路はるばるここまで来たかいがあるというものです」

「マノンはこういう綺麗なものが好きなのかしら？」

「はい。わたくし、綺麗なものは大好きです。覚えておいてくださいね。忘れちゃ嫌ですよ？」

「まあ？　それじゃあ、あたしのことは嫌いかしら？」

「あら、どうしてですか？」

「だって、あたしは汚いでしょう？」

マノンがぴたりと足を止める。

まじまじと幼女を見た彼女は、ふっと口元をほころばせる。やさしい笑みをたたえたまま、

場でしゃがんで幼女と視線を合わせた。

「それは曲解というものです。わたくしは両極端の物事をどちらも愛せる度量の大きな女ですし、なによりもグロテスクな美しさを秘めるあなたのことも大好きですよ」

「まあ、嬉(うれ)しいわ」

微笑みながら会話をする様は、ここに他の人間がいれば姉が妹の手を引いて仲睦まじくしているように見えただろう。

マノンは万魔殿(パンデモニウム)の手を引きながら、庭内の中心にたどり着いた。

庭園の中心には庵(いおり)があった。お茶菓子とティーセットが準備された机の傍に、一人の男がいた。

黒い燕尾服に、丸いモノクルをかけた五十代半ばほどの男が、マノンたちを恭(うやうや)しく出迎えた。Ｊの字に曲がったステッキまで持った姿だけ見れば紳士の一言なのだが、口元にたたえている微笑がどうしようもなくうさんくさい。

「ここの庭園は、お二方のお気に召しましたかね」

「はい。素敵な場所を紹介してくださって、感謝に堪(た)えません」

「おおっ、喜んでいただけたようで幸いですぞ！」

町の水源にして現代も稼働する古代遺跡。ここの最上部はおいそれと人が入れるような場所ではない。マノンがここで散歩をできているのも、この男の人脈あってのことだ。

「ここの行政局には顔が利きましてな。多少の無理なら押し通せますぞ」

「こんな素敵なところを見せていただけるなんて……初めてあなたを脱獄させてよかったと思いました！」

「なに、お気になさるな。お二人はすでに実の娘のようなもの。お気軽にパパと呼んでくださって――初めてですと？」

「はい！　グリザリカ王国で出会って以来、あなたの言動がびっくりするほど気持ち悪かったので、これはどこかでお別れしたほうがいいかなと常々感じています」

嘘のない笑顔で毒を吐くマノンに、モノクルの男は顔をひきつらせる。

ショックをごまかすために咳ばらいをひとつ。娘ほど年下のマノンに笑顔でへりくだる。

「それはどうかご勘弁を、マノン殿。なにせマノン殿に脱獄させていただけなければ、私はいまも暗い監獄に閉じ込められたままでしたからな。その恩義に報いるために、マノン殿へ娘に注ぐような愛を向けているだけですぞ！」

「それが気持ち悪いんです」

ばっさりだった。しかし今度は『盟主』もめげることなく、得心がいったと深く頷く。

「ははぁ、なるほど、これが反抗期というものですな。娘を持つ者として受け止めねばならぬ責務、しかと挑みましょう」

「そうですね。そういう問題ではありませんね」

もしやこの変態を閉じ込めていた人々は正しかったのではないだろうか。マノンは珍しくも、ちょっぴり自分の行いに後悔を覚える。

「しかしオーウェル猊下（げいか）がお亡くなりになったとはいえ、グリザリカ王国の長女の目をかいくぐった手腕は素晴らしいの一言です」

「多少の幸運と、この子に助けられただけです。わたくしの功績など微々たるものでございますよ、『盟主』さま」

この子、と視線を向けられた万魔殿（パンデモニウム）は、さっそく席についてお菓子に手を伸ばしていた。スコーンをほおばり、ぽろぽろと食べこぼしながらも幸せそうに頬を緩ませている。

マノンも席について、お茶菓子に手を伸ばす。

「はははっ。ご謙遜（けんそん）なさるな。四大人災（ヒューマン・エラー）を連れて歩くなど、この千年を振り返ってもあなたが初めてですぞ？　さすがは私の娘だけありますな。素晴らしい！」

「私、あなたの娘さんではありませんけど？」

これでもマノンは親孝行を自任する少女である。リベールでの事件の時は父も含めた一族郎党を生贄（いけにえ）に捧（ささ）げたが、それはそれ。擬似親子関係は断固認められないとすげなくする。

「さて、それでは始めましょうか。せっかく、あなたにご紹介いただいた場所ですもの。メノウさんの平和のためにも、あの方の足止めをしなくてはいけません」

「いいお考えですな」

終始、うさん臭い笑みを浮かべ続けていた『盟主』の顔から初めて表情が抜け落ちた。

「私を監獄にぶち込み、『第四（フォース）』の理想を打ち砕きおったあのクソ女を嵌（は）めるためならば、町ひとつを丸ごと罠（わな）にする価値はありましょうぞ。ところでマノン殿。ただ、ひとつお願いがありましてな」

「なんですか？」

「ここまでの準備をしたご褒美に、一度でいいのでパパと呼んで――」

「お断りします」

最後まで言わせない拒否に肩を落とした盟主が、すごすごと庭園を立ち去る。

それを見送り、マノンは肩をすくめた。

「うーん……。あの人を脱獄させたのは、やっぱり失敗だったでしょうか」

「そうかしら？　まずまず面白（おもしろ）い人じゃない」

血肉滴（したた）るグロ耐性は鉄壁でも、変態への適応は拒否するのが乙女心というものか。マノンが正直な感想を述べていると、先ほどの男と入れ替わるように、大型犬が庭園に現れた。

見るからに賢そうな大型犬は、なぜか凶暴に唸りながら無防備な幼女に狙いを定め、吠えると同時に、この場で最も弱そうな幼女に飛びかかった。

万魔殿（パンデモニウム）はほとんどなんの抵抗もしないで引きずり倒される。

犬とはいっても、体の大きさは人間の子供と大差ない。凶暴さも加味すれば、幼女が抵抗できるはずがない。噛みつかれようとも圧し掛かられようとも悲鳴ひとつあげない万魔殿の無抵抗さはむしろ不自然なほどだったが、猛々しい狩猟本能に駆られた大型犬は気がつかなかった。

幼女の肉を貪り食う。犬はまるでなにかに取りつかれたように、肉のひとかけら、血の一滴も残さない勢いで食いついていた。

「マノン、後のことは、お任せよ？」

「はい。後は、お任せください」

食いつくされる万魔殿の言葉を受け取って、マノンはたおやかに頷いた。真に残酷な出来事は、ここから始まっていく。なにせ、万魔殿の血肉こそが純粋概念【魔】なのだ。

生命倫理など知ったことではない無邪気さで、こんな混沌になればいいなと願う幼女の歪な妄想が【力】を得て実現される。

小さな幼女を食い殺した大型犬は、やがてこの場を去って町にまぎれていった。

いま、パンデミックの始まりの一匹が生まれた。そこからなにがどうなるのか。起こすべき惨劇の手ほどきを、マノンは万魔殿から受けてていた。

「さてさて、遠くにいるメノウさんのためにも」

向こうは決して認めてくれないだろうし、とてつもなく迷惑だと感じるだろうが——マノンは嘘偽りなく、メノウのことを親愛なる友人だと思っている。

だからこそ、これは正真正銘、メノウのための行動だ。

「この町を、滅ぼしましょうか」

メノウとアカリ。

あの二人の運命をくるわせるための一石を、マノンは投じた。


メノウが初めてその子供に会ったのは、修道院の訓練の時だった。

——驚いた。

素手での制圧術の訓練。子供同士の組手の勝敗は、あっさりとサハラの勝利で終わった。

——びっくりするくらい弱いわね、あなた。

眠たげな瞳のまま弱いと言われて、特に苛立(いらだ)つこともなかった。

実際、メノウの戦闘成績はお世辞にも優秀とはいいがたい。素質からして選(え)りすぐりの少女たちを集めた修道院にあって、メノウの才能は並以下だ。特に初期の頃は、実戦訓練で勝利することのほうが少なかった。

反対に、サハラは修道院の子供の中でトップクラスの実力を誇っていた。

——あなたは。

——なに?

——あなたは、強い。

――あなたが弱いのよ。

嫌味ではなく、ただの事実を告げる口調だった。

――私は、あなたが嫌いよ。自分自身に興味がない目をしている。

サハラは立ち上がって、座ったままのメノウを眠たげな瞳で見下ろす。

――己の安全を顧みないのは、自分に無関心だから。死に踏み込むのにためらわないのは、いままで生きた中で大切なものがないから。

短い銀髪が、さらりと揺れる。

――軽い自己犠牲ね。そんなものは、特別といえないわ。

――よく、わからない。

その答えは、サハラを失望させたようだった。彼女は口調をいらだたせて立ち上がった。

――私は、あなたとは違う。特別になる人間よ。

上昇志向が強く、人当たりが厳しくて、他人を蹴（け）落とすことをためらわず、なによりメノウのことを目の敵にしていた。

――導師（マスター）『陽炎（フレア）』に目をかけられているからって、調子に乗らないことね。

サハラというのはそういう少女だった。

はずなのだ。

はずなのだが、メノウは過去の記憶にあるサハラと現在のサハラとのギャップに大いに悩んでいた。

ぎらつくような灼熱(しゃくねつ)。容赦のない太陽が照らす空の下。辺り一面が黄土色の砂の世界で、メノウは日差しよりも自分を疲労させるものと戦っていた。

「改めて自己紹介をするわ。修道女のサハラよ。メノウとは昔からの深い仲なの」

横で聞いているだけで殴って黙らせたくなる自己紹介だった。

メノウは自分の自制心がそれなりだと思っていたが、脈絡のないサハラの言動を前にすると無性にイラッとした。自分でも不思議なほど衝動的になってしまう。

「うん。サハラちゃんだね。わたしはアカリです。よろしくお願いします」

笑顔でサハラの自己紹介を受け流したアカリは、ぐるんと首を曲げてメノウのほうを向く。やけに人形じみた、不自然に固まった笑顔だった。

「……で？　どういうことかな、メノウちゃん」

「どうもこうもないんだけど」

全部が全部、戯言の類(たぐい)である。やましいことなど微塵(みじん)もない。

「サハラの言葉を真に受けていると、いろいろと持たないわよ。適当に聞き流して――」

「大丈夫よ、アカリちゃん」

あくまで穏便にことをすませようとするメノウに対し、サハラが事態をややこしくするべく割り込んでくる。

「私はメノウの小さい頃の話をたくさん知っているわ。だから仲よくできるはずよ」

「仲よくしよっか、サハラちゃん！」

アカリが高速で手のひらを返した。わかりやすいエサでの一本釣りだ。

メノウにはとてつもなく不都合が出そうな同盟が結ばれた。放っておくとひどい方向に話が進みそうだったので、メノウは無理やりでも割り込む。

「それよりも、アカリ。体力は大丈夫そう？」

「あー……砂漠って最初はテンション上がったんだけど、すぐに人がいるところじゃないって思ったよね。疲れる」

さくりさくりと少女の軽い体重ですら沈む砂場に足跡を残しながら会話を交わす。

「実際、人が住める所じゃないから未開拓領域になっているんだもの」

「そうだよねぇ……」

空気が乾燥しているため、日光さえ遮れば耐え切れない暑さではない。逆にいえば、日差しがつらい。砂漠を歩くにあたってメノウたちも日差しよけのローブを被っているのだが、その重要性がよくわかる。

「サハラとか、その腕は大丈夫なの？」

「ええ、そうね。いうなれば、『俺に迂闊に触れると火傷するぜ、子猫ちゃん』みたいな感じよ」

「大丈夫じゃないわね、それ……」

見るからに金属製である。重い以前に、熱さで接続部が火傷しかねない。

砂漠に入って三日目。アカリの元気もさすがに尽きてきているようで、台詞にはいつもの勢いがなかった。朝方は鬱陶しいくらいべたべたと絡んできたが、さすがにこの暑さの中で人肌に触れたいとは思わないらしい。

「こう、魔法でメノウちゃんからひんやりした空気を出したりできない？　涼しさを求めます。涼しいメノウちゃんに引っ付きたいです」

「魔法じゃなくて魔導よ。何度も言ってるけど、魔導現象は規則性に沿った制限のあるものだから。万能じゃないわ。無理を通そうとすれば、相応の反動があるわ」

「つまり？」

「なんの準備もなく冷気を起こす魔導なんて使えないの、楽ができなくて残念ね」

「そっかぁ」

サハラが下した結論に、がっくりと肩を落とす。

異世界人のアカリのみならず魔導を使えない人間は勘違いしがちだが、魔導は無条件で奇跡を起こすものではない。法則があり、解明され安全が確立された規則性に則って運用される技術体系だ。紋章学と素材学を基礎に、多くの概念異界から現象を引き起こす。巨大な【力】を扱おうとすれば危険性も高まるし、なんの準備もなく発動できるものではない。

暑さにうなだれるアカリへ、サハラがフォローを入れる。

「あんまり魔導に頼り過ぎるのもよくない。さっきメノウが反動って言ったじゃない？　この光景も、魔導の反動の結果なの」

「んー？　この砂漠って、魔導がなにか関係あるの？」

「大あり。この辺りは大昔に大規模な魔導実験をしていたらしくてね。その失敗のせいで、竜害が起こった」

「竜害？　……ってなに？」

なにせアカリは異世界人である。この世界独自の現象は知らなくて当然だ。メノウによる常識のお勉強は雑談交じりでたびたびおこなわれているが、すべてが過不足なく伝わるはずもない。メノウは補足を入れる。

「大規模な魔導って、たいていは地脈を使うのよ。流通のために敷いている導力列車とか、都市機能を保つための機能とか、人力じゃ賄えないほど膨大な【力】が必要になるからね」

「うん。地脈ってあれだよね。たまーに、メノウちゃんが必殺技を使う時にぐぐって引き出しているやつ」

「必殺技って……まあ、いいわ」

アカリの理解が微妙にずれていたが、訂正するのも面倒だ。メノウは普通の人間からすれば導力量に恵まれているが、それでも常人の域を出ていない。大規模な魔導発動の際、時として足りない導力を補うため地脈の【力】を引き出しているのも事実である。

「その地脈を使う実験をした際に、昔、このあたり一帯の地脈がはがれて暴走したの。その結果がこの不毛の砂漠よ。この辺りには、地脈の流れが存在しないの」

大地を流れる【力】が存在しなくなったことで、この辺り一帯は不毛の大地になったと言われている。当然、メノウが古都ガルムや港町リベールで自分の導力不足をカバーするために行った地脈の利用も不可能だ。

「……地脈がないと、砂漠になるの？」

いまの説明では伝わらなかったようで、アカリの顔の困惑が深まった。

それも当然か、とメノウは説明の仕方を考える。竜害はこの世界の人類にとっては常識だが、異世界から召喚されたアカリにとっては未知の現象である。

「地脈がないから砂漠になるというか、生命が存在しづらくなるのよね。……そういえば話したことがなかった気がするけど、この世界の生命の定義って知ってる？」

「生命の定義って……なんかすごくテツガク的な感じがする」

「こっちだとかなり割り切っているわ。生命の定義とは『肉体に精神、魂を内包していること』よ。この三つの組成がなんであれ、生命の定義は左右されないわ」

「はい！　メノウ先生！」

「なにかしら、生徒アカリ」

「肉体はわかるけど魂と精神がわかんないです！」

「でしょうね」

その質問は織り込み済みである。

「魂の活動とは【力】を生成することを示して、精神活動は【力】を自立制御することを示すわ。ちなみに肉体は、そのどちらをも内包する器のこと。この世界だと、生命の根源は【力】――つまり導力だと考えられているの」

生命活動というのは、導力の営みなのだ。

「魂は【力】の根源。精神は【力】の舵輪。肉体は【力】の器よ。この世界において、導力がないものは生命ではないわ」

直感的に納得できないのか。むむむ、とどんどん傾ける首の角度を深くしているアカリを見て苦笑。結論へとつなげる。

「肉体が無機物だろうと、精神と魂が宿ればそれは生命よ。で、竜っていうのは、地脈か天脈に魂と精神が宿って自律した時に生まれるの」

「なんとなくわかったけど、どれくらい規模が大きいの？」

「どれくらいって、そうねぇ」

実際にはメノウも竜害を目の当たりにしたことはない。というか、幾多の修羅場をくぐったメノウをしてお目にかかりたくなどない。

それでも伝聞からすると、と顎に指を当てる。

「リベールの魔物のこと、話したじゃない」

「うん」

メノウが例に挙げたのは、現れただけで島ひとつを吹き飛ばした巨大な魔物だ。至近距離では見上げるのもままならないほどの巨軀だった。

「あのサイズの導力の塊が群れになって空を飛んで、縦横無尽に暴れるわ。しかも導力生命体って、肉体の構成要素が【力】そのものだから、悪魔と同じで基本的に不死身よ」

「へー……え？　それって、どうやって倒すの？」

「倒せないの」

きっぱりと断言した。

いわゆる導力生命体と呼ばれる存在は、三種類に大別される。

悪魔、精霊、竜。

成り立ちは異なるが、どれも【力】そのものに意思が宿って存在が固定されたものである。どれもが基本的に不死身という超常的な存在だ。その中でも竜の強大さは群を抜いている。

「自然に収まるまで静観するしかないのよ。もちろん規模によるけど、竜害を食い止めた例なんて数例しかないもの。幸いというべきか、竜は地脈がはがれた場所でしか活動しないから、避難の一択ね」

ちなみにリベールで戦った大司教オーウェルは、過去に竜害を食い止めた立役者だ。その功績で地位を駆けあがったといってもいい。

竜害は、純粋概念の暴走と同等の災害なのだ。

とはいえ、と思う。

リベールで、西の【龍】がいたと万魔殿（パンデモニウム）は語った。【龍】の純粋概念を討滅したのが『塩の剣』だと。それを使ってメノウはアカリを殺害しようとしている。

「偶然の一致……ならいいけど」

歴史上、各地で被害を出し続ける竜害すらも、人災（ヒューマン・エラー）の一部なのかもしれない。そんな可能性に思いを巡らせていると、不意に空気が変わった。

砂漠特有の、息をすると喉（のど）が干上がりそうな乾燥した空気ではない。肌に、臭いに水気がある。遠くに視線をやれば、いままで砂一色だった世界にぎらついた陽光も遮る緑が生い茂っているのが見えた。

その心地よさを生んでいるのは、中心にあるオアシスだ。

砂漠の中にあるとは信じられない規模の湖がそこにあった。

周囲に緑が生い茂る光景を見れば、水が生命の源なのだとつくづく思い知らされる。その湖を拠点として、小さくない町が広がっていた。

砂漠の補給地、バラルのオアシスである。

「さて。なにはともあれ宿よ。そのあと、観光がてら聞き込みをしましょう」

「あれ？　いつもは町に着いたら教会に寄るのに、今回はいいの？」

「アカリちゃん。この町、教会がない。ちなみに第二身分（ノブレス）もいない」

「へえ？」

　サハラの言う通りなのだが、アカリには、第一身分（ファウスト）と第二身分（ノブレス）がいないという異常さがぴんとこないのだろう。だからなに、という顔をしている。

「この町が未開拓領域の中にあるっていうのが肝（きも）でね。つまりここは国家じゃないの。バラルは冒険者がつくった町といわれることもある場所で、大陸共通法が通じないのよね」

「おお！　冒険者の町って聞くと、なんかワクワクする！」

「なんで？」

　メノウは笑顔で首を傾げる。冒険者とは、第三身分（コモンズ）のあぶれ者だといってもいい。注意喚起のために『冒険者の町』と言ったのに、感性が違うらしくワクワクされてしまった。

「ま、言うほど治安が悪いわけじゃなから大丈夫だけどね。冒険者の町とも呼ばれているだけあって旅人にも寛容だし、なんといっても砂漠のオアシスだもの。いくら未開拓領域真っただ中とはいっても、流通の要衝で無関係の人間を巻き込むような騒ぎなんて頻発しないわよ」

「フラグね。用心したほうがいいわ」

「わかる。メノウちゃん、お約束はきっちり踏み抜くとこあるんだよね」

変なことでわかりあって意気投合しているサハラとアカリの言葉は無視をすることにした。

宿をとったメノウたちは、通りにある屋台で食事をしていた。

食事を提供する屋台から漂うスパイシーな香りが空腹を刺激する。周りにテーブルと椅子が用意されて、大きなパラソルが座る客を強い日差しから守っている。

そのテーブルにメノウたちは座っていた。

「というわけで、子供の頃のメノウは、いまとはまた違う性格だったわ。ぼんやりした子でね。ついつい連れまわしたくなる衝動に駆られる感じだったの」

「へえ！」

肉をつつきながら披露されるサハラの犯罪臭漂う発言に、すっかり興味を引き寄せられているアカリが歓声をあげる。

「いいなぁ、ちっちゃいメノウちゃんもいいなぁ！　メノウちゃんの小さい頃の写真とかないのかなぁ……！」

「アカリちゃん。私も当時は記録魔導を使えなかったの。……当時から盗撮魔がいた気もするけど」

「ということは、もしや幼メノウちゃんの映像記録があったりするの⁉」

「残念ながら、閲覧は無理。この世界でも屈指の凶悪凶暴な破壊特化モンスターが邪魔をするから」

「……いい加減、アホみたいな会話はやめてくれない？」

会話のダシにされているメノウは、ジト目で盛り上がっている二人をねめつける。

まだ本格的に混み合う昼には少し早い時間とあって、人気は少ない。メノウたちの他には少し離れた後方の席に、厚いレザーのローブで全身をすっぽり覆った青年が一人で食事をとっている。

強い日差しを遮るためのフード付きのローブは、ここではありふれた服装だ。砂漠を歩いていた時には、メノウたちも似たようなものを身に着けていた。ここは日差しよけもあるということで、いまは普段の格好に戻っている。

「昔話よりいまの話をしましょうか、アカリ。あんたの寝起きの悪さはどうにかならないの？ここ最近、気が抜けているせいかひどくなってない？」

「それぱっかりはどうにもならないと思う。寝起きに眠気より優先されるものはないもん」

「わかるわ。睡眠欲はなによりも優先されるもの。その日の予定よりも、いまの夢。見張りよりも、安眠を。ね？」

「ね！」

ダメ人間発言で意気投合し、いえい、と手を合わせる。

「しいて眠気に勝るものといえば、メノウちゃんくらいです。つまりメノウちゃんが目覚めのちゅーをしてくれれば、寝起きでもお目々パッチリだよ？」

「昼にもなって、まだ寝ぼけてるのね。嘆かわしいわ」

「むむっ。そういうこと言うなら、いま言った目覚まし方法の威力をここで証明して――あぅちッ」

顔を近づけてきたアカリの鼻を指ではじいて撃退する。涙目で批難がましい視線を向けてくるが、メノウは素知らぬふりで肉を口に放り込む。

「……やっぱり、仲がいいわね」

「もちろんだよ！　だってメノウちゃんとは親友だもん！」

「というか、あんたたち二人もこの短期間でずいぶんと仲よくなったわね」

「当然。私とアカリちゃんは類友だもの」

軽口をかわしながらの食事も半ば以上終わった時だ。荒っぽい足音を立てる男たちが屋台で注文しているのがメノウの視界に入った。

「おっ、空いてんな」

「これから混むんじゃねえか。いい時間に来れたぜ」

「昼にはちっと早いからな」

どやどやと話しながら屋台で受け取った料理を持って、どのテーブル席に座ろうかと相談している。

メノウはちらりと視線の端で彼らの様子を確認する。

人数は三人。いかにも荒事に慣れていそうな体つきと装備だ。革の胸当てに、各々持っている武器には紋章が施されている。本来ならば街中での武器の所持は第二身分の騎士以外には禁じられているが、未開拓領域には及んでいない決まり事だ。

なにしろ『未開拓』領域である。国家に統治されていないところで法律をふりかざすものはいない。

「ったく、腹減った――お」

空き放題の席に座ろうとした男の一人が、メノウたちがいる席に目を止めた。

ある意味、必然といえば必然のなりゆきだ。メノウはすれ違った人間が老若男女問わずに振り返る凜々しさと美しさを兼ね備えている。メノウ一人ならば高嶺の花と遠巻きにする雰囲気も生まれようが、アカリと話している時のやわらかい表情を見れば親しみが湧く。

話し相手のアカリにしたって、幼げな顔立ちがかわいらしい美少女である。服を着ていてもはっきりと主張する胸元に、メノウへ向けられるのとはまた違った視線が釘付けになる。そこに口を開いてさえいなければ物憂げな美少女に見えるサハラまでもがいる。

「おーい、嬢ちゃんたち。こっちで俺たちと相席しねえか？」

ここは砂漠にある数少ないオアシスだ。補給地で騒ぎを起こすことはご法度だが、元の性格が品行方正とは程遠い連中である。三者三様ながらも美少女揃いの席に、無遠慮な声をかけてくる。

「一仕事終わったとこなんだが、男ばっかで華がなくてよぉ。別に変なことはしねぇし、同じ卓を囲ってくれるだけでいいぜ」

本気で誘っているというよりは、からかい半分なのだろう。若い女性に絡んで酒の肴にするのが目的だ。男の仲間たちはげらげらと下品な笑い声をあげている。声をかけてきた本人はといえば仲間の陽気なヤジを背中に受けながら近づいてきた。

湿った下心は感じないが、声をかけられたほうとしては迷惑なのには変わりない。

「うぅ……」

アカリは怯(おび)えた目でメノウの背中に隠れる。何度も事件に巻き込まれているが、それでも荒事に慣れていない少女である。体格のいい男が近づいてくるだけで恐怖を覚えて当然だ。サハラは特に気にした様子もなく、マイペースで食事を続けていた。

メノウも慌てない。ただ、食事の手を休めてフォークを放して右手を空けた。

年若い女三人と見たのか、男は遠慮なくメノウたちが座っているテーブルの空いていた席に座った。

「ちっと若過ぎるが、あと数年すれば文句なしの美人じゃねえか。食事の間だけでも付き合ってくれれば、おごって——」

「あんたたち、わざとらしいくらい不自然ね」

「あ？」

台詞を遮られた男が疑念の声を上げた次の瞬間、空気が凍りついた。

男の喉笛に、刃が突きつけられていた。

「女だからナンパっていう割には、私が神官服を着ていることには触れない。なんのつもり？」

メノウが太ももの内側に隠した短剣を抜いてから突きつけるまで、一秒未満。荒事の素人であるアカリには突然メノウの手に短剣が現れたようにすら見えたはずだ。

ナンパまがいの対応で、まさか刃物が出されるとは思っていなかったのか。男はかすれた声を振り絞る。

「ちょ、ちょっと待てよ。あんたが神官だからって、俺たちはそこまで――」

「質問に答えなさい」

男の喉元に、つぷりと刃先がもぐりこんだ。薄皮を切り裂き、頸動脈に触れながらも血管を傷つけないぎりぎりの位置。手が震えればそれだけで血がまき散らされる危険がある。

少々悪質なだけのナンパへの対応にしては、明らかに過剰だ。

がちゃん、とガラスが割れる音が響いた。

アカリは突然の物音にびくりと身をすくませ、サハラはちらりとそっちに視線をやる。

刃傷沙汰寸前の緊張感に耐えられなかったのか、一人だけいた青年の客が青ざめた顔でコップを落としていた。

ガラスの割れた突発的な物音に反応した二人とは違い、メノウはピクリとも刃先をブレさせなかった。自身の肉体を末端まで掌握している彼女は、外部からの刺激に左右されないメンタリティを備えている。多少の物音程度で己の手元を揺るがすことはない。

「確かに中央部未開拓領域は犯罪者まがいが集まるわ。その補給地であるオアシスも治安がいいとはいえないわね」

そんなところに若い女が三人いれば、よからぬことを考える人間もいるだろう。ましてやタイプの違う美少女の三人連れだ。男が吸い寄せられる要素は揃っている。

だがそれは、メノウがこれみよがしに神官服を着ていなければの話だ。

「無法者が集まっているからこそ、ここにいる奴らが、女だからってなめてかかって神官に自分から絡んでくるわけがないじゃない」

神官は強い。悪事に手を染めている人間ならばこそ、第一身分（ファウスト）に選ばれた神官の強さを重々承知している。

やましい事情がある人種が最も避けるのが神官だ。

それでも接触してくるというのならば、間違いなく裏がある。よほどの愚か者という線もなくはないが、それにしては男たちは理性的だった。荒っぽく下品な態度ではあったが、最低限の良識がある声の掛け方には余裕があった。女に飢えていようと、神官がいるならば避けようと考えてしかるべき余裕ぶりだ。

彼らは、そうしなかった。ならば演技をして接近してきたと考えるのが自然だ。

「心当たりは昨日からあったわ」

いつの間にか、男たちの顔から表情が消えていた。

離れた場所にいる二人はもちろん、喉元に刃を突きつけられている男ですら恐怖の感情を消して不自然なほどの無表情になる。無機質な目玉が三対、メノウへと向けられる。

「あなたたち、誘拐犯のお仲間でしょ」

「ちィ！」

一人の喉元に刃を突きつけているのにもかかわらず、他の二人が動いた。席を立って、武器に手をかける。命を惜しまない連携は、昨日の誘拐犯どもを想起させた。

一人殺したところで脅しにもならない。とどめを刺すのにかかる時間で相手に先手を許すことになると判断し、メノウは目の前の男から切っ先を外す。

メノウがバックステップを踏んで距離をとるのと入れ替わりで、立ち上がったサハラが前に出る。男たちが抜いた剣を、右腕の義肢で受け止めた。

ぐわん、と金属がかち合う音が鳴る。

「肩に響くわ」

義腕で男たちの剣戟（けんげき）を受け止めたサハラが眠たげな目元のまま愚痴をこぼす。

導力をつなげることで駆動する、鋼鉄製の義肢だ。第一身分（ファウスト）は左腕に教典を抱えるため、右腕一本で扱える武器を好む。サハラの武器は、義肢となった鋼鉄製の右腕そのものだ。

サハラが剣を受け止めた右腕を振り払うと、男たちがたたらを踏んだ。

「……私に刃を向けるとはいい度胸」

「ああ？　ひっこんでろ」

「そういうわけにもいかない」

そのやりとりを横目に、メノウは短剣に導力を流しこんで魔導構築を開始する。前の三人。刃を突きつけている男たちよりも優先的に対処しなければならない相手がいる。

『導力：接続——短剣・紋章——発動【導糸】』

男たちが体勢を整えるよりも先に、紋章魔導を発動。メノウは短剣を投擲した。

狙いは、背後だ。

「ぐぅッ」

うめき声が上がった。メノウが見もせず投げつけた短剣は、後ろの青年の手元に命中。彼のローブの内側から導力銃がこぼれ出る。

メノウは柄に形成された導力の糸を引いて、短剣を手元に戻す。

非常事態に巻き込まれ、青ざめていた青年。彼も男たちの仲間の一人だったのだ。全身をすっぽり覆うローブを利用して、内側で導力銃を構えていた。メノウが男たちに注意を向けている隙に、背後から撃ち抜く算段だったのだろう。

「だから、不自然だって言ったでしょう」

敵は、合計四人。メノウは油断なく短剣を構えて牽制(けんせい)する。

声をかけてきた男があまりにもあからさまだったからこそ、メノウは本命が別にいると推測した。彼らの正体がメノウに暴(あば)かれることも含めて、襲撃計画の一部だと読み取ったのだ。

演技をして近づいてきた男たちすらも、オトリ。襲撃の本命はまったくの人畜無害を装っていた青年だ。

皮肉にも彼等の連携が完璧(かんぺき)だったからこそ、一方を見れば死角で不意打ちを狙っていた本命である青年の動きを読むことができた。

「『陽炎の後継(フレアート)』……。これほどか」

導力銃を弾かれた青年は、落とした導力銃には目もくれず、ぬるりとした足取りで男たちと合流した。

どうやらリーダー格は彼だったらしい。さっきまでの巻き込まれた青年という風情は霧散している。爬虫類(はちゅうるい)に似た冷たい目をメノウに向けていた。

「竜害平定者である大司教オーウェルの抹殺。四大人災(ヒューマン・エラー)『霧魔殿(パンデモニウム)』の撃退。故意に誇張された噂かとも疑ったが、あながち大法螺(おおぼら)でもなさそうだ」

「さあ、なんのことかしらね」

肩をすくめて、軽く話を受け流す。

いまの二つについてはアカリも承知しているからよかったが、これ以上は自分の正体が伝わりかねない。メノウが処刑人であることはアカリには明かしていないのだ。

「そこの女をおとなしく引き渡す気はあるか」

「お断りね。あなたたちこそ、素直に投降して罪の数々を懺悔する気はある？」

「ひとつ、教えてやろう」

酷薄なほどに冷たい目だ、と観察して気がつく。青年の右目は、精巧に作られてはいるが義眼だ。

メノウは彼に対する警戒をひとつ引き上げる。禁忌研究者や裏の世界の人間の場合、義体は欠損を補うためだけのものではない。特殊な導器を埋め込むために生来のものと取り換える場合がある。

「俺たちはゲノム・クトゥルワの直参(じきさん)組織だ」

「ゲノム・クトゥルワ？」

出された名前に、メノウの瞳が揺れる。

予想を超えた大物だった。『鉄鎖』とゲノムに関わりがあるとは、サハラからも聞いていない。あるいは彼女も知らなかったのかもしれない。

だが動揺が現れたのはほんの一瞬だ。

「……そう。それで？」

脅しが効かなかったことに面食らったのか。リーダー格と思しき青年以外の男たちがわずかにたじろぐ。

メノウは冷ややかに目を細めた。

「ゲノム・クトゥルワね。確かに怖いわ。もし本人が出張ってくれれば、私なんかじゃ絶対に勝てないでしょう」

息を潜めていたアカリが驚いた顔をする。彼女からすれば、メノウの弱気ともいえる言葉が意外だったのだろう。

だが、いまのはメノウの本心だ。

ゲノム・クトゥルワ。

またの呼び名を『武器商人』『神官殺し』『原色の虐殺者』。大陸的なブラックリストの最上位に名を刻まれている、異名の尽きない大物だ。

大陸に生まれてより各国を荒らしまわる悪党にして、果ては人知の及(およ)ばぬはずの東部未開拓領域を踏破した。第三身分(コモンズ)が生んだ怪物と恐れられている、この大陸で最高峰の個人戦力である。

直接戦えば、メノウとて太刀打(たちう)ちできないだろう。

「けど、彼は東部未開拓領域から出ることがないわ」

有名な話だ。

ゲノム・クトゥルワは前代未聞の東部未開拓領域の踏破を成し遂げたが、同時に『絡繰り世』に囚われた。当時『第四』の主力だった彼が東部未開拓領域に閉じ込められたことが『盟主』の捕縛につながり、『第四』崩壊の一因となったともいわれている。

「あんたらを壊滅させたところで本人がここに来られないなら、名前を出されたところで怖くないわね。虎の威を借りるにしても、屏風の虎に怯えるほど臆病じゃないもの」

「俺たちは脅威ではない、と？　確かに本人は来ることはないだろう。だが彼の支援を受けているということの意味を知らないほども知らずではないだろう」

「……そうね」

ゲノムの直参組織というのはハッタリではなさそうだ。事実であるなら、男たちの装備が異様に整っていたことが納得できる。

ゲノムは恐るべきことに『絡繰り世』と盟約を交わし、高品質な武器を下部組織に放流している。自らが『絡繰り世』から出られない分、いくつかの直属組織を手足のごとく扱い大陸中に悪意を及ぼしている。

すべてを承知済みのメノウは、不敵に微笑んだ。

「試してみる？」

場の緊迫感が、一気に跳ね上がった。

互いの戦意がぶつかる。メノウと青年のにらみ合いに、空気が張りつめ硬くなる。薄く、硬く、限界まで引き延ばされてできる空気は、ふとしたことで割れてしまいそうなガラスの硬度だ。

メノウは油断を見せずに相手をにらみつける。

付け込まれないよう不遜な態度を保っているものの、目の前の男たちは決して侮っていい相手ではない。リベールの港町で戦闘になった『第四』の雑魚などとは比べ物にならない。眼前にいるのは、グリザリカ王国で戦った騎士たちにも劣らないような精鋭だ。

アカリをかばっての戦闘になって、無事にすむか。その確証はメノウにもなかった。

いつ、誰が暴発して戦闘が始まってもおかしくない空間。

「ゲノムが東部未開拓領域から出てこられない、か」

青年が、静かに独白する。彼の視線がメノウから外れる。動かない義眼はそのままに、生身の左目が視界にとらえたのは、サハラだった。

「それがいつまでも続くとは、限らないがな」

メノウの眉がぴくりと反応した。どういう意味なのかと問う前に、青年が後ろに下がる。

「引くぞ」

青年の静かな一言で、男たちは即座に散らばって撤退した。

とっさに腰が浮きかけたが、すぐに追跡を諦める。敵が背を向けているとはいえ、アカリを置いてはいけない。

「ふわぁ……」

緊張から解放されたアカリが気の抜けた声を出した。

「びっくりしたぁ。なに、いまの人たち。怖かったぁ」

「まったくね。か弱い婦女子に絡むなんて、ロクなものじゃないわ」

ぴくりとも震えていないサハラが、アカリに同調している。なんだかんだで穏便にすんだことにメノウもこっそり安堵しつつ、メノウは肉の最後の一切れを口に放り込んだ。


食事の騒動の後、メノウはアカリを連れてモモが指定した集合場所を訪れていた。『鉄鎖』の幹部を追っているという騎士たちとの打ち合わせにアカリを連れてくる意味はないのだが、襲撃直後ということもあって、一人で置いていけなかった。ちなみにサハラは、モモがいるかもしれないと知って、別行動をとっている。

「ようこそいらっしゃいました。お話はお嬢様よりうかがっております」

合流場所はオアシスの水辺近くにある白塗りのペンションだった。そこを訪問すれば、話は通っていたのか、管理人と思しきメイド服を着た妙齢の女性がメノウたちを歓迎した。

どことなくメイド服のデザインに見覚えがある。既視感を覚えながらも案内されると、ペンションの中に入ったメノウたちに、メイドの女性は笑顔で備え付けのクローゼットを開いて見せた。

「こちらにお着がえになって、ごゆるりとなさっていてください」

それまで当たり障りのない笑顔を浮かべていたメノウの顔が固まった。

クローゼットに並べてあるのは、多種多様の水着だった。

「……えっと？」

なぜ騎士との会合場所で水着を差し出されるのか。意味がさっぱりわからなかった。

「どうして、こんなものを？」

「どうしてもなにも……ここはプライベートビーチですので。それとも水着を持参されていましたか？」

なにか高等なセクハラを強いられているのではないかと自制心を保って尋ねると、逆にいぶかしげな返答がされた。

だがメノウの疑問は解消されない。むしろ混乱が深まった。

「プライベートビーチ？」

そんな話は一文字たりとも文書で伝えられていない。

これはなにかの間違いに決まっている。そう思ったが、手遅れなことにアカリがきらきらと目を輝かせていた。

「プライベートビーチで水着メノウちゃんときゃっきゃうふふ……！」

なにか変な方向で期待値を上げていることだけは間違いなかった。

しまったと思うも、もう遅い。というか、目の前にいる女性のメイド服のデザインに見覚えがある理由に、いまさら思い至った。

あれはグリザリカ王国のメイド服である。

メノウ自身、モモが少しばかりデザインに手を加えたとはいえ着用したこともあるものなので間違いなかった。グリザリカ王国が王宮で採用しているメイド服そのものだ。

グリザリカ王国の使用人服を着た人が管理をしている建物。

先ほどの発言にあった『お嬢様』という言葉。

そして会合場所にプライベートビーチを指定してくる精神性。

この先で誰が待っているのか、もはや自明だといってもよかった。

とっさに周囲を確認する。脱出口を探すと、なぜか腕をがしりと摑まれた。

「メノウちゃん。わがままはダメだよ？　ここに用があるんでしょ？」

アカリの期待によって逃げ場は、完全にふさがれた。


メノウは水着姿で砂のビーチに立っていた。

心地よい日差し、清らかな水に入れ替わり続けるオアシスでの遊泳は格好の娯楽だ。元が砂漠地帯だということもあって気温は高く、足裏の砂が熱いほどだ。日差しがやや強過ぎることを除けば絶好の水遊びのポジションだといえた。

白塗りのペンションを後方に置き、四方は背の高い木々を植えて視界を遮っている。ここ専属の使用人なのか、ペンションのオープンスペースには白い水着で麦わら帽子を深くかぶって顔を隠した少女が色鮮やかなドリンクを用意していた。

まごうことなきプライベートビーチである。

「まあ、別にいいんだけど……」

拒否しようとしていたのも、水着姿が恥ずかしいとかではない。純粋に、ほぼほぼ武装解除が強制されるのが嫌だっただけだ。

「案外そのあたりを見越してのことだったりするのかしら」

半ば無理やり納得する理由を見つけ出す。

砂漠の水源たるオアシスで遊泳池を造るなど、信じられないほどの贅沢(ぜいたく)である。どんな権力を持った金持ちがオアシスの一画を占有してみせたのか。その正体は半ば悟りつつも、素足で砂浜の感触を味わう。

水場に相応(ふさわ)しく、いまのメノウはビキニタイプに腰にパレオを巻いた水着姿だ。見ているだけで気持ちがいいスタイルの上に、美人条件ともいえる整った小顔が理想的だ。きゅっと引き締まった腰つきとすらりと伸びた手足の曲線が美しく、全体の輪郭からしてほれぼれするほどバランスがよい。

そして、もう一人。

「メノウちゃん。どう！　わたしの水着は！」

後ろから追いついてきたのは、アカリだった。

かわいらしいフリルがあしらわれたビキニだ。張りのある肌は艶（つや）やかで、シミのひとつもない。ベビーフェイスから相反した、やわらかくも強調された胸元。砂浜を踏みしめる足腰のラインは肉感的で煽情的ですらある。メノウとはまた違ったタイプのアカリの魅力を存分に引き出した水着姿だ。

水着姿を見せびらかすアカリは、明らかに褒め言葉を催促して目をきらきらと輝かせている。

メノウは無言で手を伸ばして、アカリのお腹（なか）をふにっとつまみ、腕を引く。

むにょんとお肉の脂肪がやわらかく伸びて引っ張られた。

アカリの笑顔が凍りついた。メノウは静かに顔を上げて、小さく頷いた。

「……」

「……」

視線が交錯する。無言の時間が少女二人の間に流れる。だが現実は変わらない。つまれたお肉は伸びている。それがすべてだった。

メノウは厳（おごそ）かに一言。

「…………痩（や）せたら？」

「想定しうる限りで最悪の感想……！」

るものだった。

会心の一撃。

恐れを知らない感想の威力たるや、浮かれたアカリを一撃でよろめかせ、砂浜に膝をつかせるものだった。

「やせ……え、いや、でも、そんな太ってないよね、わたし？　日本にいた時はみんなと比べても……あれ？　どうだったっけ？　平均値が思い出せない……みんなとはいったい……普通とはなに……？」

「許容範囲内だけどね。油断すればすぐに崩れるわよ、このふにふにした皮下脂肪は」

「メノウちゃんは……メノウちゃん、は……すばらしいスタイルです。文句のつけようもない、これぞ理想というお肉……！　パーフェクトボディ……！」

「どーも」

二の腕に、お腹にとペタペタ触ってきては己との差に意気消沈するアカリに肩をすくめる。訓練と運動量の差は明確だ。アカリのぷにぷにむにむにした柔肌の触り心地に比べて、メノウの体はしなやかさと弾力性を内包している。つまんだ時の感触がまるで違った。どちらの触り心地が好きかどうかはさておき、女性の理想はメノウに軍配が上がる。

「うぅ……なんか駄肉をお日様にさらしてるのが急に恥ずかしくなってきた……。なんで水着でメノウちゃんを悩殺しようだなんて考えたんだろう、過去のわたし」

「バカだからじゃないの？」

あさはか以前の企みを聞いて、メノウは素直に思ったことを口にする。

「自己管理ができないでその場のテンションで流されるからよ。もっと自分の無駄肉ぶりを自覚しなさい」

「そうなんだけどぉ！」

つままれたお腹を抱えて今更ながらに頬を赤くさせたアカリに、メノウは容赦なく追撃をかける。

「恥ずかしいなら泳ぎに行きなさい。脂肪が燃焼できるわよ」

「そうしまーす」

暗い顔でふらふらと砂浜を歩くアカリを見送って、メノウはペンションへ足を向ける。自然な流れでアカリを追い払い、飲みものを持っている少女に声をかけた。

「適当な飲み物を二つちょうだい」

「はーい」

日差し避けの麦わら帽子に白いワンピースタイプを身に着けた売り子は、桜色の髪を揺らしてメノウと視線を合わせた。

彼女は目を潤ませ、両手を組んで一言。

「先輩の水着姿、さいっこーに輝いてますぅ……！」

かわいらしい水着を着た少女は、誰であろうモモだった。

熱っぽい視線でメノウを見つめるモモは、あらん限りの賛辞を視線に込めて声を潤ませる。

「モモは、モモは今日ほど生まれてきたことを主に感謝したことはありませんー……！　今日という日に最大限の感謝を捧げますぅ！」

「モモが真面目（まじめ）に主に祈るとこ、初めて見たかもしれないわね……」

「モモにとって主なんていうのは都合のいい偶像なので、先輩が神レベルなんだという表現強調の修飾語でしかありませんー！」

　修道院史上で信仰度が最低値を記録したのは伊達（だて）ではない。けろりと言ってのけるあたり、本当に聖職者なのかと疑わしいほどだ。なにが悲しいかといえば、これがモモの通常運転である点である。

「ところで、なにかめぼしい情報はある？　情けない話だけど、アカリと一緒に旅をしているせいでロクに情報収集ができてないのよね」

「情報ですかぁ？　そうですねー」

　モモが、あざとくもかわいらしい仕草で人差し指をあごに当てて記憶を掘り出す。

「東部側なら、グリザリカ王国で『盟主』が脱獄したとか、東部未開拓領域の防衛線で第一身分（ファウスト）から離反者が出たらしいとか、そんな話ならありますー。ただ西部寄りだと特にはないですねー」

「ええ……結構な大ニュースじゃない」

「まあ、先輩とモモに直接影響ある事件じゃありませんしー」

「それはそうだけど……」

世界情勢が変わりそうな事柄がいくつかあった。

とはいえ東部は既に通り過ぎた場所だ。これから向かう大陸西部は荒れていないらしいと聞いて、一安心する。

「ところで、こんなところで待ち合わせになった理由なんだけど……」

たしかにプライベートビーチであれば、人目にはつかないだろう。だがそもそも、こんな土地を所有できるなどよほどの権力者だ。一介の騎士の潜伏場所として提供されるとは思えない。

このタイミングを狙ったわけではなかろうが、ペンションの中から予想していた人物が登場する。

「やあ、『センパイ』。久しぶりだな」

旧知の間柄であるかのようなフレンドリーさで声をかけてきたのは、赤みがかった金髪をたなびかせる高貴な少女だ。普段の服装からして露出度が高いのだが、水着姿はさらにきわどい。独特で特徴的なデザインは先鋭的なほど鮮烈だ。明らかに時代の一歩か二歩は先をいっていた。

誰であろう、アーシュナ・グリザリカその人である。

「水着というのはいいな！　人間が生来持って生まれた肉体美を日の下で見せびらかしてなんら文句を言われない服装だ。水辺ということもあって、すがすがしいなぁ！　この姿で街中を歩き回りたいほどだ！」

「正気ですか？」

いつもより三割ほど露出度が増しているからか、いつもの三割増し上機嫌である。テンションの上げ方に同調できる部分がひとかけらも存在しなかった。モモに至ってはむっつりと口を閉じ、アーシュナと目を合わせようともしない。

「それで、どうだ？　いいところだろう。ここバラルのオアシスに、我がグリザリカ王家以外でプライベートビーチを造って所有している者などいないぞ？」

「……そうですか。なんというか、血筋なんですね、殿下」

「否定（ひてい）はしない。それに、聞いたぞ？　この町に来る前にさっそく賊に痛手を食らわせたらしいではないか。さすが、私が見込んだだけはある」

「それはどうも……」

メノウがローテンションで応答しているのと、知らない人がいるからか、泳いでいたアカリが砂浜に上がろうとしている。

メノウはモモに目配せする。

「モモ。いろいろと、ありがとう。もし砂漠にいる賊と戦うことになったら、アカリを陰から護衛してもらっていいかしら」

「あのおっぱい女の安全とか心底どうでもいいんですけど、先輩の頼みなら仕方ないですぅ。

わかりましたー」

「ありがとう。モモに任せられるなら安心だわ」

アカリが近づく前にペンションの中に引っ込もうとしたモモの隙をつき、ドリンク入れの下に隠し持ち、驚くべき隠密性で魔導発動を続けていた教典を取りあげる。

「あ」

完全に不意を突いた動きだった。メノウはモモが反応できないうちに、取り上げた教典をぱらりと開く。

開いたページは、一章一節。

神官の持つ教典は高度な魔導書であり、多種多様な魔導の発動媒体となる万能の導器だ。いまメノウが開いたのは映像の録画と投影を可能とする部分である。

ミニサイズのメノウの水着姿が、立像として浮かび上がった。

優秀な後輩の数少ない欠点にして悪い癖である。やはりか、とメノウは半眼になりつつもモモの教典に導力を注ぐ。

「ちょ⁉　先輩、待ってください！」

モモが悲鳴を上げているが、無視だ。なにせ記録されているのはメノウ自身であり、しかも無断の盗撮だ。

『導力：接続――教典・一章一節――削除【この目に映る奇跡も残すべく、書に写す】』

第一身分(ファウスト)の専有魔導のひとつ、撮影魔導の悪(あ)しき記録を消去し、モモに差し出した。

「はい、返すわね」

「わ、私のコレクションが……先輩の映像コレクションがぁ……！　このためだけに教典を持ってるといっても過言じゃないのにぃ……！」

それはいくらなんでも過言であってほしい。

悪癖の産物などなくなったほうがモモのためだ。前々から消去の機会を狙っていたのだが、ようやく油断してくれた。

これできっとモモも、もうちょっと有用な教典魔導を覚えてくれる気になるだろう。晴れ晴れした気分で、しくしくと泣き崩れたモモを追い払う。

「はいはい。さっさと隠れなさいね。……あ、そうだ。モモ。サハラのこと、覚えている？」

「サハラ？　ああ、あのゴミのことですかー」

最近再会した修道女のことを、モモはごく自然にゴミ扱いした。

「とっくに死んだと思ってたんですけど、もしかしてまだ生きてるんですかぁ？　次に奴がモモか先輩の前に現れようものなら、あのどうしようもない手と口をひねり潰してやろうと決めてるんですけどー」

「さ、さあ？　いまどこでなにをしているのかしらね！」

仲直りは難しそうだ。ペンションの中に入っていくモモを見送って、即座に諦める。

その背後で、砂浜から歩いてきたアカリをアーシュナが出迎えていた。

「初めての者もいるようだから、改めて名乗ろう。アーシュナ・グリザリカだ。それで、『センパイ』の連れである君の名前を聞いていいか？」

「あ、アカリです。メノウちゃんに連れられて一緒に旅をしている、どこにでもいる普通の人です」

微妙に変な自己紹介は、アカリがメノウから『迷い人』だということには気がつかれないようにと注意した結果だ。意識し過ぎて逆にちょっと怪しい自己紹介が癖になってしまっている。

アカリはメノウとアーシュナを見比べてから、ひっそりとささやいた。

「メノウちゃんのこと『センパイ』って呼んでるってことは、あの人も神官さんなの？　後輩さん？」

「見える？　あの人が？　清く正しく強い？　神官に？」

「なんか強そうな感じには見えるけど、神官さんっぽくはないかなぁ。あと、後輩さんっぽさがまったくないよね。なんていうか、こう、うん。強い」

「そうよね。後輩っていうのはもっとかわいい存在だわ。断じてあんな後輩はいらないわよ」

ひそひそとささやき合っていると、ずいっとアーシュナが割り込んでくる。

「ふむ。ずいぶんと好き勝手言ってくれるものだな」

「うひゃい⁉」

不意の接近に、アカリがびくりと肩を震わせた。近づいてきたアーシュナの圧に押されてか、アカリはじりりと後ずさり。意外と人見知りなところがあるのだ。アーシュナはふてぶてしい表情から近寄りがたいうえに、女性にしては身長が高いこともあって威圧感がある。

メノウはさりげなくアカリを背にかばいつつ、半眼でアーシュナに問いかける。

「一応聞いておきますけど、なんで殿下がここにいるんですか？」

「ん？　中央部未開拓領域を横断しようと砂漠を歩いていたら、彼らと偶然出会ってな。なりゆきで捜査に協力しているうちに、ぜひリーダーになってくれと熱心に頼まれ、断る理由もないから引き受けたまでだ」

どこにいてもカリスマを発揮して人の上に立つお姫様である。またかと感心するべきか、あきれるべきか迷ってしまう。

「そのあとモモとも再会してな。プライベートビーチがあると聞いたら、なぜか目の色を変えて協力を申し出てくれたんだ」

どうやらこの場所指定にはモモも一枚嚙んでいるらしい。

アーシュナの登場に、メノウのやる気は著しく削がれていた。

もうこの人に任せておけば、自分の出る幕などないのでは。数日待てば『鉄鎖』とやらの壊滅の報が届きそうだと皮算用をはじめたメノウに、アーシュナは友好的な笑みを浮かべて肩に手を回した。

「どうやらすでに君も情報を掴んでいるようだが、私たちはとある指名手配犯を追っているところでな。私は君には貸しがひとつあるしな。目的が一緒ならば、是非とも共闘しようじゃないか」

「……」

メノウは渋面になった。

アーシュナの言う通り、『貸し』とやらに覚えがあるからだ。

リベールでの共闘。生贄を駆使して暴れる万魔殿(パンデモニウム)の鎮圧に、アーシュナは大きく貢献してくれた。彼女の助力がなければ、あの町の被害はもっと広がっていただろうし、そもそもメノウが無事にすんだ保証すらない。

なによりアーシュナは、メノウの素性を詮索(せんさく)しなかった。名前すら聞かなかったという徹底ぶりだ。メノウの立場を重んじている証拠である。

無論、しらばっくれることは可能だが、アーシュナが相手だと考えると誠実に対応したほうがいい。

「わかりました、殿下。その指名手配犯とやらがどこにいるのか、心当たりがありますので白状します」

「さすがだな」

サハラから情報は聞いてある。ミラーとヴォルフのことなのだろう。

「指名手配犯は『鉄鎖』とかいう人身売買集団にいるはずです。それと、先日に忍び込んだ時にわかったのですが、たぶんあの基地は――」

観念したメノウは、砂漠に潜む『鉄鎖』の情報を吐き出した。

「ふう」

ぱたん、と後ろ手でドアを閉じる。

アーシュナとの打ち合わせは終わり、宿に戻ったのだ。今回の事件の他、リベールで出会ったマノンが生きていることも知らされた。考えることは多いが、まずやらなければならないことがひとつ。

「メノウちゃん。ここに座ってください」

ベッドに座るアカリが、ぽすぽすと隣を叩く。すねて尖っている唇に、眉間へと寄っているシワ。いまわたし怒っているんです、ということをわかりやすく伝える表情と仕草だ。

アーシュナとの話し合いで疲れていたこともあって、メノウはおとなしく腰かけた。

「サハラちゃんとのことは、まあ、見逃すよ？　昔の話だし、仕方ないよね」

「あっそう」

何様のつもりだこいつと思いつつも、聞き流す。

「それよりも！　今日のビーチで会ったアーシュナさんだよっ。あの綺麗な人と、どんな関係なの!?」

「どんな関係……?」

言葉面(づら)はアホそのものなのだが、真面目に考えてみると意外と返答に困る質問だった。

アーシュナとメノウの関係。友人でもなければ仕事仲間でもない。そもそもアーシュナは第二身分(ノブレス)の王族であり、メノウは第一身分(ファウスト)の処刑人だ。住む世界がまったく違う。会うのも二回目だ。

「行きずりの関係?」

「そういうのよくないと思う!」

なにを勘違いしたのか。メノウの言葉を曲解したアカリが噛みつかんばかりに吠えたてる。

「メノウちゃんはもっとわたしを大切にしてくれてもいいと思う!　サハラちゃんも言ってたけどさ、行く先々で女の子をたぶらかす癖をどうにかしてよ!　わたしの心が休まらないんだけど!」

「あんたの言動で私の心が休まらないんだけど?」

「あだだだだだっだ!」

ぎゃあぎゃあと騒ぎ立てるアカリの顔面をわし掴み、容赦なくアイアンクローを食らわせる。

静かになったアカリをぽいとベッドに捨てて、メノウは机に向かう。

「なーにー。メノウちゃん、日記でも書いてるの?」

「そんなわけないでしょう」

ベッドでごろごろしながらのアカリの質問を、適当にあしらう。

メノウが紙に書き出したのは、昨日に忍び込んだ基地の建物の配置だ。その中でも、明らかに急造だったバラックや平屋建てを除外していく。

その結果、残った建物にはある特徴があった。

綺麗な円形を描いていた外壁に、東西南北に配置された四つの塔。そのほか、線で結べば二つの五芒星を描き出せる配置。半球状の儀式場ではなく、平面に落としこんだ簡易のものだが、間違いない。

「建築式の魔導陣……」

口の中で、アカリに聞きとがめられない程度の声量で独白する。

見たところ、異界とこの世界をつなげるための儀式魔導陣だ。あの基地は、丸々一個の魔導陣となっていた。

だが、ここに龍脈はない。発動に足るだけの導力が得られるとも思えない。ならばと仮定を紙の端に書いてみる。

『アカリの導力で賄おうとした？』

最初にそれが思い浮かんだが、それはないと斜線で塗り潰す。

異世界人を使って異世界人の召喚など、本末転倒にもほどがある。というか、それほどの

【力】を引き出そうとすれば、十中八九、アカリの純粋概念を制御できずに暴走する。

「となると、他に目的があるはずだけど」

この魔導陣を、どのように活用するつもりなのか。

東部未開拓領域『絡繰り世』。キーワードになるのは間違いなくそれなのだが、メノウの頭の中で結びつかない。相手の目的を探るのにも、時間は足りない。アーシュナとの話し合いの結果、すぐに襲撃をかけるということで決まったのだ。

「……潰して終わりになればいいんだけど」

オアシスの補給地での最初の夜が過ぎ去っていった。


「なるほどなァ」

人身売買集団の一派『鉄鎖』団長のヴォルフは部下の報告を聞いて毒づいた。

「『陽炎の後継』は、それほどかよ。そこに『姫騎士』まで合流したとなると、手は出せねぇな。引くぞ」

ミラーから襲撃結果を聞いた彼の判断は早かった。

ここまで準備を進めた場所を捨てるのは惜しいが、背に腹は代えられない。基地を使って組み立てていた建築式魔導陣は破棄。ため込んだ財産を持ち出して逃げの一手を打つ。

もともと『陽炎の後継』と彼女が連れている異世界人の誘拐は必須事項ではない。ある筋から情報が流れてきたから手を出してみたまでだ。

「逃げるのか？　絶好の機会を逃すことになるぞ」

「どうせ新参者からの情報だ。敢行するにはメリットが足りねえよ」

巡礼神官を気取っている『陽炎の後継（フレアート）』にグリザリカ王国の『姫騎士』アーシュナ・グリザリカ。ここに手を出せば火傷（やけど）ではすまないことになる。

「異世界人も惜しいがな。お前が不意打ちで殺れなかった『陽炎の後継（フレアート）』と正面から戦うのは論外だろうよ。儀式の意味に気がつかれたら、身も蓋（ふた）もねえ」

　普通の神官ならば、一人や二人は相手にできた。騎士と神官が徒党を組もうとも、基地にこもれば返（かえ）り討（う）ちにできる自信もあった。

　なにせヴォルフが率いる武装集団『鉄鎖』は、武器の質がそこらの盗賊とは違う。ゲノムの支援を受け、潤沢な魔導兵器を彼から提供されていた。ヴォルフたちは間違いなく頭ひとつ抜けている。

　だが『陽炎の後継（フレアート）』に勝てると考えるほど思い上がってはいなかった。

　特にヴォルフの世代は『陽炎（フレア）』が全盛期だった時代だ。処刑人がどういう性質のものか、重々承知している。

「アレの後継ともなれば、正面から戦ってすらくれないだろうよ。こっちから攻めるのはいいが、攻められる側になるのは勘弁だ」

ヴォルフには野心があった。だからこそ上り詰められた。ゲノム・クトゥルワ直属の下部組織になることで良質な魔導兵器を得ることができた。

ここまで順調だったからこそ、どうあっても勝てそうにない状況で命を差し出す気にはならない。

「チャンスは今回限りじゃねえ。そうと決まれば撤収の準備を始めるぞ」

「しかし、ここで奴を葬り去るのも手だ。絶好の機会なのは確かなんだぞ」

「しつこいぞ、ミラー?」

いつになく食い下がる腹心に、いぶかし気な顔を向ける。

「落ち着けよ。お前はもっとクレバーな奴だったはずだ。東部未開拓領域から帰って来てから少し変だぞ」

基地を放棄するのは惜しいが、下っ端のメンバーは切り捨てて足止めに使う。『鉄鎖』は解散だ。しばらくは散り散りになって砂漠のどこかに潜んで再起を図る。

「俺は逃がす部下どもをまとめる。財産を持ち出すのはお前が指揮を――」

ミラーはここの副長だ。腹心の部下である彼は、逃走するメンバーに入っている。

決断力はあるが激情家でもある自分を支えてくれているミラーがいるからこそ、ヴォルフはここまでくることができた。

ぱん、と乾いた音が響いた。

導力銃の発砲音だ。じわり、とヴォルフの服が内側から血に染まっていく。

「てめぇ……」

ヴォルフは信じられないとミラーを見る。無機質な顔を見て、本能的に悟った。

顔も、体つきも、間違いなくミラーだ。長年、副長だった男のものだ。だがいまこの男の忠誠は、自分にない。それどころか『鉄鎖』そのものすら、どうでもいいと思っている。

ミラーはヴォルフの言葉に眉ひとつ動かさない。

「悪いな、ヴォルフ。この基地の魔導陣は、確実に発動させたい。わかるだろう？　俺は、彼から直接【力】を受け取った。それに応える義務がある。最悪——勝とうが負けようが、どちらでもいい。どっちの結果に終わっても、彼の解放につながることは間違いない」

「ふざ、けんな……！」

「ふざけてなどない」

ミラーは部屋に隠しておいた短剣を取りだした。昼間に見た、『陽炎の後継』が握っていた短剣によく似ているものだ。

それをヴォルフに打ち込んだ銃創を隠す位置で突き刺した。

「それが、合理的だ」

ミラーが言い終わると同時に、ヴォルフはこと切れた。その死体を見下ろし、ぽつりとつぶやく。

「……彼を殺しても、レベルは上がらないか。まあ、『陽炎の後継（フレアート）』の経験値に期待しよう」

呟（つぶや）きながら、外につながる窓ガラスを叩き割った。

「ヴォルフ団長ッ。いまの音は――」

導力銃の発砲音と窓ガラスの割れる音が続けざまに響いて異常を察したのか、部下が駆けつけてきた。部屋の惨状を見て絶句する。

「これは、なにが……」

「『陽炎の後継（フレアート）』だ。昼間の襲撃の意趣返しか、俺とヴォルフが指名手配犯だと聞きつけたのかは知らないが、ヴォルフを暗殺しやがった」

ミラーは悔しさの滲（にじ）んだ声を出す。普段は冷酷なほど冷静な彼が声を震わせているのを聞いて、部下は息を呑んだ。

「おそらく数日以内に、奴はまたここに来る。俺を殺しにな。団長を殺されて、舐（な）められっぱなしでいられるか」

淡々と、しかし凄みを込めて。

「奴を出迎えるための準備を整えるぞ。奴らの遺体を素材に、この基地の儀式魔導陣を発動させる」

そのために、ヴォルフを殺したのだから。

心の中で付け加えたミラーは、『陽炎の後継（フレアート）』たちの襲撃に備える指示を出した。

導師（マスター）から、プレゼントをもらったことがある。

メノウが史上最年少で黒服の修道女から白服の神官補佐へと昇格した時のことだ。

白の神官服を纏（まと）うメノウへ、導師（マスター）から贈られたのは黄色のケープだった。

神官服の上から着けられるし、激しい動きの邪魔にもならない。正式な処刑人に向けて一歩足を踏み出したメノウに、記念にということでもらったのだ。

「適当に選んだものだ。誰（だれ）かに横流しをしたりしてもかまわんぞ」

「なんですか、それ。横流しなんてしませんよ」

記念のプレゼントを横流しとか、人の心をないがしろにするつもりはない。どれだけ礼儀知らずだと思われているのだとむくれるメノウに、導師（マスター）は目を細める。

そして、とんとん、と自分の頭を指で二ヶ所、軽くたたいた。

導師（マスター）が示したのは、メノウの後輩であるモモが髪をまとめている結び目の位置だ。

「モモのリボン。あれは、誰が誰に渡したものだったか覚えているか？」

「あー……」

メノウはとっさに顔をそらす。

幼い頃にメノウがモモにプレゼントした赤いリボンは、実のところ導師（マスター）に初めてもらったものだった。

――おしゃれというやつだな。

――おしゃれ、ですね。

懐かしのやり取りの後に身だしなみを整える方法を教わり、小道具としてリボンを受け取った。導師（マスター）からもらった二本の赤いリボンは、その後にメノウからモモの髪へと結ばれた。泣いているモモを泣き止（や）ませるためだったのだが、当時、メノウの私物がそれしかなかったのだ。

それを言われると確かに言い訳が苦しくなる。

「大丈夫です。いまは普通に、自分でプレゼントを選べるので、もらいものを横流しなんてしません」

「そうだな。最近は貢がせているほどだ」

「冗談でもやめてください。ちょ、引っ張らないでください！」

メノウの栗毛を結んでいる黒いスカーフリボン。モモからもらったそれを雑に引っ張った導師（マスター）は、メノウの抵抗にくはっと笑う。

修道院から去るメノウに、最後の心得を告げる。

「お前はこれから世界を巡って禁忌を処分することになる。処刑人は、どの教区にも所属しない。聖地に戻ることもめったになく、ほとんど独立した活動をする人間だ。同じ立場の人間でも信用はするなよ。組織に依存しない分、裏切る奴は裏切る」

「導師（マスター）は、誰かに裏切られたことがあるのですか？」

「私か？　そうだな……」

導師（マスター）が過去を懐かしむように目を細める。

なにかを思い出すための仕草が、いつになく人間味にあふれていた。

「裏切られたことしか、ない」

少しの間を置いて吐き出された返答に、まじまじと導師（マスター）の顔を見返してしまう。

「……なんだ、その目は」

「いえ、なんというか……」

率直（そっちょく）に、意外だなと感じた。

裏切られるということは、逆をいえば信じているということだ。どうでもいい相手に反旗を翻（ひるがえ）されたとしても導師（マスター）ならば「処理をした」と表現するだろう。

だからこそこの人が「裏切られた」と口にしたことが意外だった。

「導師（マスター）も、誰かを信じることがあるんだなと思っただけです」

「お前は私のことをなんだと思っているんだ？」

「……人の形をした処刑人、ですかね」

「どういう意味だ、それは」

言い得て妙だと自分では思ったのだが、メノウの評価を聞いた導師(マスター)の声にはあきれが混じっていた。

「人の形をしたもなにも、私は人間以外の何物でもない。完全でもなければ無敵でもない、ただの人だ。現役(げんえき)の頃に負けたことはあるし、任務を失敗したこともある」

「負けたこと？」

完全に慮外の単語だ。間抜けにも、ぽかんと口を開いてしまった。

メノウの反応がおかしかったのか。導師(マスター)は小気味よさげに喉(のど)で笑う。

「ああ、そうだ。大司教クラスのバケモノどもに、グリザリカ王国にいる大陸最強の騎士エクスペリオン、東部未開拓領域の踏破を果たした第三身分(コモンズ)の怪物ゲノム・クトゥルワ――とまあ、そのほか様々だ。世界は狭いようで広い」

そうそうたるメンツである。この人はなにと戦おうというのか。ある意味では異世界人よりもよっぽどの難物揃(ぞろ)いな戦歴がおかし過ぎて戦慄(せんりつ)してしまう。

「お前はこれから、そういう相手と戦うことも、あるだろう」

「ありませんよ」

「なんだ、命を惜しむのか？」

「……そういう意味じゃ、ありません」

嘲笑う導師に、メノウはふくれっ面になる。

質問の意地が悪い。挑むことを恐れるわけではなく、導師のように伝説級の戦いに身を投じる機会なんてないだろうということを言いたかったのだ。

「実際のところ、未来なんてものがどうなるかはわからんからな。これからお前がどうなるかは知らんが、だからこそ覚えておけ」

不意に導師がメノウの頭に右手を乗せる。別に髪を撫でるわけでもなく、身長を測るでもなく、ただそこに手を置いて、メノウの成長を押さえつけようとするかのように手を置く。

今年で、十二歳。

髪を結んで整え、身長が伸び、白い神官服を身に纏っても、メノウはまだまだ頭に導師の掌が乗せられる程度の存在だ。

「お前がいくら信じようとも、お前が信じたものはお前を裏切る」

預言というには軽々しく、呪いというにはあっさりとした口調で。

「私のようになるというのは、つまりはそういうことだ」

いつかメノウが体験する未来を告げた。

それは、一回目の時のことだ。

自分が準備にまごついて、列車に乗るのが遅れてしまった。

「あちゃー」

列車の最後尾が遠ざかっていく。切符を手配してもらったのに、乗り遅れたのは自分のせいだという自覚があったものだから、肩を縮めるしかなかった。

「ご、ごめんなさい……」

「ん、大丈夫よ。気にしない気にしない」

列車の吐き出す導力光の残光を見送りながら、彼女は肩をすくめた。明るく失態を流してくれる彼女に、アカリはうつむくしかなかった。

目的地までに到着する次の列車は、早朝までないらしい。だからその日は、喚(よ)び出されたところ、グリザリカ王国の王都でホテルをとった。

申し訳なさでいっぱいになりながら、彼女の後ろをついて歩くしかなかった。気を遣っていろいろと話しかけてくれたのだけど、もごもごと口ごもって、曖昧(あいまい)な笑みを顔に張りつけることしかできなかった。

それが、最初の旅の、最初の一歩。

一日遅れが、ひとつの大きな事件を回避していたことなど、この時のアカリは知る由もなかった。

ただ、いつか返せればいいな、と思っていた。

ベッドに寝そべりながら、横目でこっそりと彼女を見ながら、思った。

面倒を見てくれた恩に、ちゃんとありがとうって、言いたい。

そんな自分に、なりたかった。

『導力：接続――不正定着・純粋概念【時】――発動【回帰：記憶・魂・精神】』

メノウたちがオアシスに到着して、二日目の朝。

朝日が差し込む宿の部屋、アカリはぼうっとする頭をふらふら揺らしていた。

メノウはいない。神官の仕事ということで、メノウはサハラとともに朝早くの時間に宿を出た。危険があるからと言い聞かされ、しぶしぶ置いて行かれることを了承したのだ。

そんなわけで一人宿に残された彼女は、くわぁっと美少女台無しなあくびをしながらぼやいた。

「おっかしいんだよね……」

トキトウ・アカリは時間遡行者である。

【時】の純粋概念の持ち主である彼女は、世界の時間を【回帰】させる能力を持っている。異世界に召喚されてから得た超常の能力を使い、アカリは既に幾度も時間を回帰させてメノウとの旅をやり直している。

メノウに、自分を殺してもらう。

メノウが生き残る道を確定させるためだけに何度も時間を繰り返し、失敗し続けている。

普段は怪しまれないように記憶を封じている彼女だが、いくつかの条件で記憶の封鎖を解除して現状を認識し、時としてメノウの動きを誘導している。

未来を知っているとすらいえるアドバンテージを持っている彼女だからこそ、いまの状況の違和感を言葉にできる。

「こんなこと、一回もなかったのに……」

大陸中央部の未開拓領域。この砂漠で起こる出来事が、アカリの記憶とまるで異なった。

そもそもこの砂漠で、アカリは賊に誘拐などされない。砂漠の横断は比較的スムーズに進んだはずだ。それがあれよあれよという間に、メノウとアカリが別行動をするほどまでに話が大きくなった。

なにより、サハラという少女に覚えがない。彼女とはいままで一度も会ったことがない。

「サハラちゃんのことは嫌じゃないけどさ」

まったく覚えがない少女との邂逅。それはリベールで出会った一人の少女と一人の怪物を回想させた。

マノン・リベール。

異世界人を母に持ち、この世界に疎外感を抱いて凶行に及んだ少女。彼女は躊躇なく多くの人間を巻き込んで悲劇を起こした。

彼女に魔を差し込んだ者こそ、おぞましく這い寄る純粋概念【魔】。幼女の皮を被っては脱ぎ捨て、自分の抜け殻を被せてくるような怪物だった。

「あいつが、関わってるのかな……」

原罪概念の始祖にして、四大人災の一角。あどけない幼女との邂逅を思い出して、ぶるりと震える。

おぞましくも悼ましい、異世界人の成れの果て。

不意に、彼女が言っていたフレーズが脳裏によみがえる。

――あるよ。帰る方法。

何度も時間を繰り返してはこの世界にしがみつくアカリに向けて、あどけない笑顔で言い放った。

帰れる、と。

べったりと絡みつこうとする記憶を振り切る。

「帰らないよ、わたしは」

思い出を消費させ、日本のことをすべて忘れても構わない。

誰も座らなくなった席に置かれた、花瓶。

それが無性に腹立たしくって、冗談にしても悪質だと思った。

ある日、突然教室に来なくなった、誰か。その席に座っていたのが、誰だったか。

アカリはもう忘れてしまった。もしかしたら、自分の友達だったのかもしれない。いいや、きっと、自分の友達だった。

そうでなかったら、机に花瓶が置かれた風景を見て、あそこまでの怒りに駆られたはずがなかった。

でも、そこに座っていた友達が、どんな人だったのか。

もう、【時】に消費されてしまった。

「ひどい奴だよね、わたしって」

記憶の欠損に、独白する。なにがひどいかといえば、忘れていてもいいと思っているところが自分のことながらひどかった。

「メノウちゃんが、いるもん」

だから、他になにもいらない。

自分の心を改めて確認し、現状を思い返す。

直接『万魔殿(パンデモニウム)』が関わっていないにしても、すでにあの幼女が霧の中から飛び出しているという事態は、時間の流れが既存のものから根本的に違うものになってしまっていることを示している。

アカリが行った度重なる【回帰】により生じたという世界の軋みが霧を揺るがせ、万魔殿(パンデモニウム)を解放した。メノウを救うために繰り返した【回帰】こそが、アカリの知っている未来を捻じ曲げてしまっている。

ならば、それはそれとして対処していくのみだ。アカリの目的はあくまで自分がメノウに殺されることであり、その過程にこだわる必要などない。

「昨日の基地に行くっていうのなら、いつでも追いつけるし」

アカリは空間転移の魔導を行使できる。多少の制限はあれど、瞬時に人や物を転送できる魔導だ。もしメノウに危機が訪れるのならば、なんらかの偶然を装って駆けつければいい。なんなら、また誘拐されたふりでもすればいいのだ。

こんこん、とドアがノックされた。

「ふあーい?」

宿のベッドメイクかなにかだろうかと、ロクな確認もせずに扉を開ける。こういうことをするからメノウに能天気だなんだと言われるのだが、アカリにはその自覚はない。普段だろうとループ時の記憶を思い出したアカリだろうと、どちらもアカリ本人だ。本質的に違いはない。

記憶の封鎖を解いた時に、意識は違和感なく統合されている。

扉を開けると、一人の少女がいた。

「初めまして。あなたがトキトウ・アカリさんでよろしいですか?」

「ええっと……」

カチューシャを外して寝癖をぴょんぴょんさせたままのアカリに会釈をしたのは、とてもかわいらしい少女だ。

彼女と視線を合わせるために、少しだけ下を向く。アカリも身長が高いわけではないが、訪問者はさらに小柄だった。

「わたしは確かにアカリだけど……」

「はじめまして、アカリさん。先輩が不在の間、しばらくあなたの護衛を務めさせていただきます」

護衛、とアカリが目を瞬かせる。まさかこのタイミングで彼女が自分の前に現れるなど、予想だにしていなかった。

だって、こんなことは一回もなかった。

「私はあなたをここまで案内していた神官のメノウの後輩です」

「メノウちゃんの、後輩……」

そんなことは、知っている。

改めて見れば、少女の格好はいつもメノウが身に着けているのと同種の服装だとわかる。スカートの裾が大胆なほど短く、それでいてかわいらしいフリルに改造されているが、まぎれもなく神官服だ。

「白い神官服なんだね？」

「はい。私は先輩と違って、まだ見習い。補佐官の立場でしかない未熟者ですから」

いまいち事情を理解しきれず、アカリの口からトンチンカンな問いがついて出た。

白い神官服を身に纏った彼女は気分を害した様子もなく、タイツを履いた足を揃えて白い長手袋に包まれた手を胸に当てる。

「モモと申します。よろしくお願いします」

二つ結びにした桜色の髪を揺らして、モモはにこやかに笑った。

「自分を中心とした複数の関係をつくる時に大切なことはね、他の人たち同士の関係性だと思うの」

朝方の、まだ本格的に照りはじめる前の太陽の下。砂漠特有の細かい砂をさくさくと踏みしめながら、サハラが意味不明な持論をメノウへ語っていた。

「誰かを特別扱いしてはいけない。いいえ、違うわね。誰をも特別だと思わせなければいけないの。釣った魚にもエサを与え続けるのが、とても大事。つまり、ちゃんとした気配りね」

「なんの話をしているのよ」

「あなたのためになるお話」

からりとした空気と正反対な、じっとりとしたメノウのツッコミにサハラはさも当然みたいな顔をする。

「なんの参考にもならないから、話題を変えてもらっていい?」

「そうかしら……?　あの凶暴バーサクモンスターもどきのモモを傍に置いているくらいだから、こういう話は聞いたほうがいいと思う。あんまり放っておくと、絶対に勝手な行動はじめるわよ、あいつは」

「あのねぇ。確かにちょっと感情的過ぎるところはあるけど、モモは優秀な補佐官だし、素直でいい子よ」

「そんなことをほざけるのは、あなたくらいだから」

メノウはサハラと一緒になって早朝から砂漠を歩いていた。

朝からオアシスを出て、もう昼過ぎだ。メノウは神官服の上に日差し対策のローブを羽織って、砂除けの布を口元に巻いていた。下に着ているのがシスター服と神官服という違いはあれど、横を歩くサハラも似たような格好だ。

アーシュナたちはいない。神官組と騎士組とで分かれて行動している。彼女らは正面から仕掛けて、メノウたちが裏手から内部に侵入する手はずだ。

日が暮れる前に『鉄鎖』の基地周辺に到着し、夜が更けた頃に襲撃をかける予定だ。アカリが誘拐されたおかげで相手の基地内の居場所は割れている。一度侵入したメノウも、大まかな内部構造は把握していた。

「それよりも、サハラ。あなたの右腕は、平気なの？　【器】が漂着したって言っていたけど」

「ええ。精神の浸食は起きてないし、使い勝手もいい」

歩きながら、暇潰しに会話をしていた。久しぶりの再会ともあって身の上話をしている時、かすかな導力反応を感知した。

砂中になにかが潜んでいる。反応からして、生物ではない。魔導兵。それも、隠密斥候用のものだ。かなり珍しいことに、通信魔導を身の内に内蔵しており、遠方に情報を送ることができる。魔導兵は禁忌指定の産物であり、そもそも現行の魔導技術では生産できない。これも東部未開拓領域、ゲノム・クトゥルワから流された物品に違いない。

「どうしたの？」

サハラは気づいていないのか、突然押し黙ったメノウを見ていぶかしそうな視線を向けてくる。

「ううん。なんでもないわ。ちょっと目に砂が入っただけ。鬱陶しいから叩き出すわ」

「なるほど。……いいの？　触らないほうが、いいかもしれない」

会話に暗喩を含ませ疑念を投げかけてくる。

斥候の魔導兵は発見されれば連絡が行くのはもちろん、破壊されればどこで壊されたのかが相手にわかるようになっている。隠れきれればそれが一番だが、見つかれば奇襲計画が台無しになる。最悪、正面から襲撃をかけるアーシュナたちは発見されてもいいが、奇襲役のメノウたちが別行動をしているのが露見するのはうまくない。

「大丈夫。どうにかするわ」

「わかった」

言うと同時に、サハラが飛び出した。

彼女の体が導力強化の燐光(りんこう)を纏う。砂に足をとられることなく、メノウが伝えた場所で敵に接する。右腕の義腕が導力光で輝いた。

『導力：素材併呑——義腕・内部刻印魔導式——発動【スキル：導力砲】』

義腕の掌から放出された導力光が着弾し、大量の砂をかき乱してひっくり返した。

空中に放りだされたのは、蛇型の魔導兵だ。人の腕程度の長さの魔導兵が、じたばたと身をくねらせている。

メノウは引きずりだされた魔導兵よりも、サハラの魔導に注意を奪われた。

不思議な魔導だった。単純な紋章魔導ではない。義肢が魔導の発動媒体になっているのは間違いないが、メノウをして構成要素に心当たりがなかった。義肢を見る限り、素材が消費された様子もない。

サハラの魔導を解析しつつ、メノウも動いていた。

空中にいる魔導兵を掴み、基地に連絡される前に導力を流し込む。

『導力：接続——原色理ノ緑石・遠声蛇——外部侵入——魔導式改竄——』

抵抗するために導力が反発する。だが今回は、この蛇型が外部に送信しようとしている内容に改竄を加えるだけだ。繊細さは必要であれ、導力のごり押しはいらない。

『命令【周辺ハ異常ナシ】』

命令が通った。

「はい、これで問題なし」

「ん。さすがね」

掴んでいた魔導兵をぽいっと投げ捨てる。魔導兵は砂に潜りなおし、定点監視を再開する。

報告内容の改ざんは成功した。二人の居場所が発覚することはない。メノウたちは先へと足を進めた。


モモはアカリを連れてバラルのオアシスを歩いていた。

オアシス周りにある、比較的治安がいい大通りの屋台巡り。それとオアシスに残っている遺跡の見学。少女の二人連れということで、目立たないようにするという前提での精いっぱいの観光だ。

だが並んで歩く二人の距離は、いささか以上に離れていた。

「観光がお好きと聞いていましたけど、お気に召しませんでしたか?」

「お気に召さないというか……」

丁寧なモモの問いかけにアカリが口ごもる。

煮え切らないアカリの反応に、モモは上っ面はにこやかに、しかし内心で忌々しさを全開にしていた。

とある目的でもって、モモはメノウにすら許可をとらない独断でアカリと直接接触した。そして数時間あまり行動をともにしたのだが、距離を詰めることができなかった。

メノウへの接し方を見る限り、他人への距離感が近い人種だと思っていたのだが、実際に接してみると思った以上に言葉が届かない。

「なんで、モモちゃんなのかなって。よくわかんないんだけど、わたしの護衛ってメノウちゃんじゃないの?」

「もちろん、普段は先輩です。ただ、やはり一人で付きっきりというのも厳しいものがありますす。今回のように離れざるをえない事態もありますし、時々で私がアカリさんの護衛を担当することになるかと」

「……メノウちゃんから、そういう話は聞いてないんだけど」

「急なことでしたから」

急に現れたからか、不審がられるのは仕方ない。とはいえ、時間がないのだ。砂漠の基地に向かったメノウがアカリから離れる時間は、一日あまり。多少なりとも信頼を得たかったのだが、モモがアカリに接触したということがメノウに伝わっては元も子もない。

「……あ、すいません。ちょっと失礼します」

モモは断りを入れてから教典を開いた。魔導を発動するわけでもないのに教典へと導力を注いで、導力光を纏わせる。通信魔導を受信しているふりだ。

「アカリさん。いま先輩から連絡がありました。緊急事態です」

「連絡？」

「はい。先輩とは教典で緊急の連絡をとれるようになっているんです――――ッ。これ、は……！」

台詞を途中で遮り、わざとらしいほど緊迫した口ぶりで説明する。

「先輩が敵の襲撃を受けたようです。しばらく単独で身を隠すから、先に次の町に向かってくれと指示がありました」

「え？」

戸惑うアカリに、モモは丁寧に説明する。

「先輩の任務の影響で、待機している側であるアカリさんまで狙われる恐れが出たみたいです。宿泊場所もバレてしまったらしく、急いでこの町から引き揚げてほしいと連絡がありました」

「それは……」

アカリの表情に逡巡が浮かんだ。迷うのは当然だ。モモがメノウの後輩を名乗っているとしても、まだ初対面。慣れ親しんだメノウと離れて行動しろと言われても受け入れがたいのが人情だ。

だがモモはそれを言葉にさせない。

「一度、宿に戻って荷物をまとめましょう。ぎりぎりまで待って、いよいよ危なくなったと私が判断したら、一緒に避難してもらっていいですか?」

戸惑いにつけ込むように、矢継ぎ早に提案する。妥協案のように見えて、その実、なにひとつアカリの希望に沿っていない。いま言ったことは、すべてでたらめである。そもそもからして、モモがアカリに接触していること自体、メノウの許可をとっていない。

すべては、アカリをメノウから引き離すための策略だ。

モモはリベールの事件以来、アカリとメノウを引き離す機会をうかがっていた。

認めたくはないが、メノウは既にほとんど素でアカリと接している。言ってしまえば、モモと接する時のメノウとアカリと接する時のメノウは、ほぼ同じだ。演技が演技ではなくなりつつある。

そんな折、この砂漠での誘拐に巻き込まれたことで、確実にメノウがアカリから目を離す時間が生まれた。

いま、この時だ。

ここでモモがアカリを連れて大陸中央部の未開拓領域である砂漠さえ渡り切れば、後は塩の剣の場所まで遠くない。列車に乗って聖地まで向かい、そこで許可をとって西の果ての塩の大地に渡ればいいのだ。

メノウに不要な葛藤が生まれる可能性を消し去れるかもしれない好機を逃すつもりはなかった。

アカリの表情には、困惑とためらい、そして拒絶感がにじみ出ている。感情としては、この町から――というより、メノウと離れたくないのだろう。同時に、理屈の上では離れる必要性も理解している。

「も、モモちゃん。メノウちゃんが危ないなら、助けに行こうよ！」

「ダメです。先輩は身を隠すと言いました。隠遁は単独のほうが容易いです。私たちが接触しようとすれば、かえって足を引っ張ることになりかねません」

うぐっ、とアカリが言葉に詰まる。

いける。アカリの反応を見て確信した。これならば多少、強引でも騙しきってみせる。モモが続けて説得しようと口を開いた時だった。

「わかった……」

「わかってくれましたか」

「……うん」

アカリが、人差し指をモモの額へと突きつける。

思わず息を止めるモモの眼前で、人差し指に導力光が灯った。

「モモちゃんが、お邪魔虫だってことが」

『導力：接続――不正定着・純粋概念【時】――発動【停止】』

導力光が、放たれた。

「いいペースで進んでいるわね」

「ん。このままだったら、予定通りに目的地に着けそう」

あれから何度か斥候の魔導兵を無力化しながら、二人は予定通りのペースで砂漠を進んでいた。

「それよりも、アカリちゃんはオアシスに残してきてよかったの？」

「ええ。優秀な護衛を残しているから、安心よ」

もしも『鉄鎖』の別働隊がオアシスに残って、メノウが離れたのを好機と見て襲い掛かろうとも無駄だ。モモなら陰ながら、しっかりとアカリの護衛をしてくれるだろう。

メノウの返答に、サハラは嫌そうに顔をしかめた。子供が苦みの強い野菜を前にした時の表情に似ている。

「……護衛って、モモのこと？」

「そうよ?」

「別に、あなたがモモを信用するのは構わないけど」

あからさまに構っていますと言いたげだ。再会してより飄々とメノウをからかい続けるサハラが、妙に子供っぽくそっぽを向く。

「モモに護衛なんて任務を残してきて平気な神経がわからない。なにかを破壊すること以外の仕事ができるの、あいつ?」

「大丈夫よ。あの子、優秀だもの。かわいい後輩に任せておけば問題ないわ」

「よくぞまあ、そんなことをほざけるわね」

よほどモモのことが気に入らないようだ。すまし顔を取り繕っているが、苦々しさが隠せていない。

あさっての方向を向いたままのサハラの顔を見て記憶が刺激された。

「サハラは、よくモモにちょっかいを出して返り討ちになっていたから、嫌うのもわかるけど……あれ、結構あなたの自業自得よ?」

「……信仰値が最低値の暴力モンスターなモモが全部悪い」

飄々としているサハラにしても、苦い思い出らしい。

「まあ、確かにモモは『主』への信仰はゼロに近いけど……それでもあの年齢で神官補佐に上がれるくらい他の成績が優秀ってことでもあるのよ」

「そんなのは知ったことじゃない。だいたい、教会の『主』っていう、興味深いものを意識しないのはもったいない」

モモのことをよほど認めたくないのか、サハラが罰当たりな話題転換をかまして来た。

「興味深いって……もうちょっと、敬意を持った言い方をしたほうがいいわよ」

「いいじゃない、別に」

メノウの苦言が、さらりと流される。

「教会の――少なくとも、第一身分（ファウスト）の神官が持つ教典において、明らかに『主』はいわゆる神とは違うものとして記されている。人類滅亡の終末論から逆算された救世主でもなく、あるいは概念的な全知全能でもない。力を持って、知恵を与えた、なにかしらの『概念』。それが『主』よ」

メノウの忠告を無視して、サハラは彼女の見解をつまびらかにする。

「実際問題として、メノウは『主』の正体はなんだと思っている?」

「聖地の上層部。第一身分（ファウスト）の意思決定機関、に一票」

「いわゆる【使徒（エルダー）】のこと?」

「ええ」

【使徒（エルダー）】というのは、公式の役職には記されていないながらも存在がまことしやかにささやかれている機関だ。

大陸各国に存在する教会、教区。教会のトップが司祭、教区のトップが司教、一国のトップが大司教というのが神官の大まかな階梯だ。そして、その上は役職として存在しない。

実際問題として、各地の運営をまとめる意思決定の集団が聖地にないとは考えられない。大司教は一国に付き一人いる最高役職だ。聖地には、そのまとめ役がいると噂されるのも当然だった。

「ふうん？」

「私は、『主』と【使徒】は別物だと思っている」

「どちらも、もっとどうしようもないものだと思っている」

彼女の口ぶりが、いつかの導師の台詞と重なった。

「とにかく。メノウはもう少しモモの危険性に目を向けたほうがいい」

ことさら素っ気なく、けれども皮肉に声を尖らせる。

「あの凶暴な奴のことだから、アカリちゃんに襲い掛かっているまであり得る」

根も葉もない中傷だ。嫌味なことだとメノウは肩をすくめた。

アカリの人差し指から放たれた導力光は、空を切った。

「あれ？」

モモの耳に、きょとんとした声が届く。自分の時間を持って動いているモモを見たアカリが、残念そうに眉尻(まゆじり)を下げた。

「外しちゃった」

「……なんのつもりですか」

顔をこわばらせつつも、モモは鋭く問いかける。予想外の展開だ。まさか自分がアカリに襲われるなど、想定していない。

アカリが笑った。さっきまでの無知な無邪気さとは一線を画する笑みだ。

「なんのつもりは、こっちの台詞だよ。ねえ、モモちゃん。モモちゃんは、わたしとメノウちゃんを引き離しにきたんだよね。しかも、メノウちゃんには無断で」

「……それが？」

ここで嘘(うそ)を吐(つ)く意味もない。アカリは明らかにモモを敵として認識していた。目を据えたモモの答えを聞いたアカリが、にっこりと笑う。

「そっか。じゃあさ」

人差し指で照準を定め、親指を突き上げた手の形。指鉄砲を向け、妖(あや)しく笑う。

「ここでモモちゃんがいなくなっても、メノウちゃんにはわたしを疑う理由がないわけだ」

その台詞は、ぞくりと背筋が凍えかねない寒気を備えていた。

薄気味悪さがモモの肌を撫(な)でる。初対面のはずの人間に、知己であるかのような態度を取られるのは底知れない不気味さがある。

悪意に近い笑みを向けられて、しかしモモは獰猛に笑った。

「なるほど……」

アカリの豹変ぶりに心当たりがあるとしたら、ひとつだけだ。

「回帰する前の記憶、あったんですね」

時間回帰。

アカリがループしているかもしれないという仮説は、メノウもモモも立てていた。

「よくぞまあ、ここまで騙してくれたもんですよ。このおっぱい女が」

「むかつくあだ名は止めてくれないかな。人の身体的特徴をあげつらった呼び方って、最低だと思うんだ」

「はっ。なんか嫌な思い出でもあるんですかー？　あ、ごめんなさいー。純粋概念なんてバッチい禁忌を使ってたら、思い出なんてなくなってますよねー？　どーりで頭からっぽな性格してると思いましたぁ」

嫌味ったらしく語尾をたるませたモモの声色に、アカリの眼光が凶悪さを増す。

少女二人の視線が衝突し、ばちりと火花が散った。

「かといって、いままでのも演技ってわけじゃないですね。もしそうなら先輩がここまで騙されるとも思えませんし。その豹変ぶり……記憶を【回帰】で封鎖して、普段は隠していたんですか」

トキトウ・アカリが時間回帰をしている。それはメノウとモモが互いの情報をすり合わせて出した結論だ。未来からの回帰と同時に記憶も召喚時点に巻き戻っていると推測していたのだが、どうやら見当外れだったらしい。

普段メノウと一緒にいる時は、未来の記憶がない状態に記憶を回帰させていたのだ。

なぜ、そんな迂遠なことをしていたのか。

推測は簡単だ。

もし未来のことを知っている時間回帰をした純粋概念の持ち主がいた場合、メノウは間違いなく一緒に行動などしない。未来のことを知っている人間と行動するということは、その人物に未来の出来事が握られていることと同義だ。

それが信用できる人間ならばいい。だが初対面であり、未来のことを知っている人間など、まともに考えれば絶対に信頼してはいけない相手だ。とことんまで疑われる。

だからこの女は、メノウに怪しまれないためだけに自分の記憶を消していた。

「なにが目的で先輩に張り付いていたんですか、この女狐」

「これだから嫌なんだよね、記憶があるのがバレるのって……。記憶があることは信じてもらえるのに、わたし自身のことは信じてもらえないんだもん」

「もっとわかるように言ってくれません？」

射抜くようなモモの視線に、辟易した様子のアカリはあっかんべーと舌を出す。

「どうせ信じてくれないから、おしえてあげないよーだ」

相互理解を拒絶する言葉だ。モモの顔から表情が滑り落ちた。能面を張りつけた顔で、無言でアカリを見る。

そもそもが、気に入らなかった。

モモにとって、メノウ以上に優先するべきものはない。

見知らぬ他人が死のうが、それこそ世界の大半が滅びようが、メノウが生き残ることを優先する。良心も常識もあるが、それらは決してメノウを上回ることがない。

当然、アカリの生死などメノウの存在と秤に掛けるまでもなく些細なことだ。

「なんていうか、いま確信しました」

モモは神官服のフリルから糸鋸を取り出す。馴染ませるように、一振り。ワイヤー状の糸鋸は、ひゅんと風を切ってうなりを上げた。

「あなた、多少手荒に扱ったところで精神が折れるような繊細さはないですよね。ふん縛って無理やり連れて行って塩の剣で殺します」

「やってみれば？　モモちゃんにやれるなら、だけどさ」

『導力：接続――不正定着・純粋概念【時】――発動【停止】』

警告はなかった。

アカリの指先から、【時】の魔導が放たれた。

照射された光は、概念的な時間停止を強制する驚異の魔導だ。当たれば終わりの一撃を、モモは紙一重でかわした。

アカリの魔導構築は恐ろしく早い。巧みというよりも、自然なのだ。魔導を構築しているというよりは、魂にある構成要素をそのまま吐き出しているという印象を受ける。発動段階をひとつ飛ばしにしている魔導攻撃だ。

瞬時に構築される魔導をかわし続けるのは困難を極める。

だからこそ、モモは攻め手を止めない。攻撃に転じる隙を与えず、相手に防御を強制する。糸鋸をしならせて振るう。アカリは避けなかった。人差し指を糸鋸に向け、再び魔導を打ち放つ。

『導力：接続――不正定着・純粋概念【時】――発動【風化】』

ざあっと音を立てて、糸鋸が風化して崩れ落ちた。

問答無用の威力を誇る魔導だ。塵になった糸鋸を未練なく手放しながらアカリの攻撃を分析する。

アカリに戦闘技術はない。せいぜい素人に毛が生えた程度。メノウやモモは愚か、そこらの冒険者風情にも劣るだろう。

彼女にあるのは能力だけだ。

「……ま、その能力がクソ厄介ですけど」

ぼそりと小声で愚痴る。

どれだけ【回帰】したかは知らないが、メノウに護衛されて旅しているアカリ自身が戦う機会などそうそうないはずだ。あったとしても能力で不意打ちをすれば完封できるだろうから戦闘技術など必要としたこともなかったと推測できる。

だからこそ、モモでも戦えているのだ。

例えばメノウがアカリと同じような能力を持ったとしたならば、モモはおそらく十秒も戦っていられない。

こうして戦況が拮抗しているのはアカリに戦闘の心得がないことと、もうひとつ。

アカリに、モモを殺す気がないからだ。

「わたし、モモちゃんのことが嫌いだったんだよね」

「そうですか。私もお前なんて死ねばいいと思ってます」

「メノウちゃんのことなんにも知らないくせに、一番理解してますみたいな態度がほんっとに気に入らない」

「はぁ？」

思いっきり顔をしかめる。

「ぽっと出の分際が先輩のなにを知っているっていうんですかぁ？」

「これからを」

きっぱりとした断言が返ってきた。

「モモちゃんが知らない、メノウちゃんのこれからを知っているよ」

『導力：接続──不正定着・純粋概念【時】──発動【加速】』

アカリの動きが、劇的に速くなった。

動きは素人そのものだというのに、スピードが尋常ではない。体さばきでも、筋力でも、魔力強化でもない。体重を乗せた動きでも、勢いをつけて地面を蹴り上げているわけでもないのに、ただ歩いているという行為が異様なスピードになっているためタイミングが計りづらい。なによりも当たれば無力化される【停止】の魔導は絶対に避けなければならない。このスピードで放たれたら、予備動作を見抜くのも厳しい。

「ちっ」

舌打ちをひとつ。防御の姿勢を固めつつ、挑発する。

アカリには、モモへの敵意はあっても殺意がない。というか、それ以前の問題だ。

モモは目を細める。

おそらくアカリは、人を殺したことがない。人を殺せる気概もない。傷つけることはできるだろうが、殺すことはできない。武器は【風化】させたのに、モモに放つ魔導がことごとく【停止】なのがいい証拠だ。

根本的な部分で、トキトウ・アカリという人間は善人なのだ。

「わざわざなにも覚えてないふりして先輩にひっついてこそこそと企みごとをする性悪が。先輩に迷惑かける前に死んでくれません？　先輩の『これまで』を知らない分際が、これからなんて語らないで欲しいですね。この知ったかぶり」

「……うるさい」

ぴたりと動きを止めた。

どこが気に障ったのか、怒りで肩を震わせる。いまの彼女には、不気味さも底知れなさもない。

「モモちゃんなんて、メノウちゃんを守れもしないくせに！　いてもいなくても変わりないなら――いなくなっちゃえばいいんだ！」

アカリの癇癪が爆発した。

奇跡だと思った。

石畳の建物。威圧感すらある豪勢さ。見覚えのある光景に、しばし惚けてから気がついた。

グリザリカ王国の、召喚の間。

自分が召喚された【時】に戻っている。

最初に気が付いた時、アカリは確かに思ったのだ。

これは奇跡だ、と。

記憶を保持したまま戻った理由は、すぐに思い至った。

自分の純粋概念【時】がやり直しの機会をくれたのだ。

だからアカリは、窓からの来訪者を待ちわびた。日が沈むと同時に白く輝き出した月と一緒に現れる、軽やかなメイド服の少女。彼女が現れることを、アカリは歓迎した。

――メノウちゃん！

再会した時に、思わず彼女の名前を呼んで、歓迎してしまった。

それがいけなかった。

――なんで……私の名前を知っているの？

初対面から、明らかに警戒された。

メノウは、アカリのことを信じなかった。アカリが未来から来たことは信じたが、どんな意図で自分に接触してきたのかと終始、疑っていた。メノウはアカリをオーウェルのもとに連れて行き――そこで、死んだ。

それが、あまりにも短く残酷に終わった二回目だった。

三度目は、まず一人で逃げた。

出会うのが間違いだと思った。自分と関わることでメノウが死に至るのなら、そもそも関わらなければいい。

逃げ始めて、一カ月ほど経った頃だった。

――一人か。

赤黒い神官と出会った。

一度目の時、塩の大地で自分たちの旅を終わらせた神官。敵うとも、逃げられるとも思わなかった。これで終わりなら、それもいいと思った。

メノウは生きているはずだ。そう思った。

――あのバカ弟子も、死んだしな。一人で当然か。

誰のことを言っているのか悟って、愕然とした。

――嘘……。

――ん？　ああ、オーウェルのババアに殺された。【無】の純粋概念持ちと一緒に確保されそうになったところで、やられたそうだ。実際、オーウェルは大した魔導者だからな。狙われれば、逃げるのすら難しい。

メノウが死んだと聞いた瞬間、魂から導力が引き出され、世界が巻き戻された。

三回目が終わると同時に、アカリは悟った。

自分がいないと、メノウは死んでしまうのだ。

――ああ……そっか。

そこで、気が付いた。

出会いの時に、メノウを知らないほうが警戒されない。メノウを知っていると、彼女に警戒される。

つまりは、記憶が邪魔なのだ。

メノウは他人を疑うように教育されている。

初対面でメノウに怪しまれた場合、メノウはオーウェルに助言を求める。なぜならば、初対面の異世界人なんかよりもオーウェルを信用しているからだ。

メノウは死ぬ。ならば、一回目はどうしてメノウはアカリのことを怪しまなかったのか。アカリと離れれば、早くて一週間もせずに死んでしまうメノウが三ヶ月近くも旅を続けることができたのか。

簡単だ。

アカリが警戒に値しないほど騙しやすそうな世間知らずだったからだ。そんな世間知らずと一緒に旅をしていたからこそ、メノウは普段以上に周囲に注意を向けていた。

なにも知らないアカリこそが、メノウを生かしていた。ならば、なにも知らないまま一緒に旅をして、自分を殺せる手段がある塩の大地まで一緒に行けばいい。

アカリはピストルの形に指を立て、自分のこめかみに突きつけた。

いままで一緒に旅をしてきた、記憶。

――メノウちゃんを追い詰めるなら、いらない。

『導力：接続――不正定着・純粋概念【時】――発動【回帰：記憶・精神・魂】』

アカリは、記憶を消した。

そこから旅が続くようになり――それでも、赤黒い髪をした神官の手から逃れることは、できなかった。


「一回もっ。一回だってメノウちゃんのことを守れないくせに」

頭をよぎった記憶。無駄になってしまった過去に、目頭が熱くなる。ずっとメノウと一緒にいるくせに、メノウの命を助けられないモモに、八つ当たりで叫びをぶつける。

「なにもできないモモちゃんが、偉そうなこと言わないで！」

「もし、先輩が今回の任務で死んでしまう未来があるなら」

情動的に叫んだアカリに対して、モモの口調は冷酷なほどの静けさを保っている。

「それは、お前のせいです」

アカリが怯(ひる)んだ。

自覚があったからだ。

四度目、五度目。

ひとつひとつ、メノウが死んでしまう要素を取り除いていった。旅の距離は伸びていった。

それでも越えられない壁が、ひとつあった。

旅の距離が伸びるにつれて、メノウはアカリに心を開くようになっていく。特に、一回目のあの時。メノウが赤黒い髪の神官に殺されたのは、彼女が第一身分（ファウスト）を裏切ってアカリを助けようとしたからだ。

第一身分（ファウスト）を裏切る神官は、禁忌である。

アカリと一緒に旅をしないとメノウは死んでしまうが、アカリと一緒に旅をする期間が長くなれば長くなるほど、メノウが第一身分（ファウスト）を裏切る可能性が高くなる。

だからアカリは、それとなく自分がループをしていることがメノウに伝わるようにした。ほんの少しだけ、アカリの真実を混ぜれば――メノウが、完全にアカリに心を許すことは、きっとない。そう自分に言い聞かせていた。

けれどもその裏には、メノウと一緒に旅をしたいというアカリのわがままが潜んでいた。

アカリがひるんだ隙をモモは見逃さなかった。襟（えり）をつかんで、腕を振り上げる。

アカリが、恐怖に目を閉じた。モモはためらわずに腕を振り下ろした。

ぱぁーんッ、と気持ちのいい音が響いた。

「いったぁ⁉」

モモがアカリの頰（ほお）を張り飛ばしたのだ。モモがその気になれば頭を吹っ飛ばすこともできたが、どうせ死なない。それならばともう一発反対の頰にも平手を叩きこむ。

「ぁいた⁉　な、なに⁉」

「視野狭窄（きょうさく）になってるバカの目を覚ましているだけです、このポンコツおっぱい」

悪口にしか聞こえない辛辣な呼び名を付けたモモが、アカリの襟首から手を離した。

「お前が、先輩の敵じゃないことだけは、理解しました」

アカリの瞳が戸惑いに揺れる。モモが不機嫌そうに鼻を鳴らした。

「協力してやります。お前の知っているすべてを吐き出せです」

「なんで……？」

「いいですか、勘違いしないように念を押しておきますが、私はお前が嫌いです」

照れ隠しなど一切なく、真顔で言う。

「先輩の傍にいるお前が気に入りませんし、先輩に媚びる害虫であるお前なんてさっさと死ねばいいと思ってます。だからお前がさっさと死ぬように助言することにしただけです」

ぶつけられる罵詈雑言に、アカリの目が徐々に細くなっていく。

「……やっぱりわたし、モモちゃんのこと嫌い」

「何度だって言いますけど、私だってお前のことが嫌いです」

自分たちが嫌い合っていることを確認し、ふんっとお互いそっぽを向いた。

「それでも、先輩のためなら協力してやります。先輩を、助けるためなんですよね？　だったら全部、私に聞かせろです。お前が知っているこの先のことを、全部です。私だって、先輩を助けたいんですよ。これまでも――『これから』もです」

「……わかった」

嫌いだからこそ、話せることもある。

そうしてすべてを打ち明けられたモモは。

「お前は……ほんとうにクソバカです！　死ね！」

「バカとか死ねとか！　メノウちゃん以外に言われたくない！」

「うっさいんですよっ。自覚しろバーカ！」

互いが互いを盛大に罵倒して、モモがひとつの提案をする。メノウとアカリだけでは、決してとることのできない選択肢。アカリは逡巡しながらも、それを選んだ。

二人の間に、するべき行動をとるための同盟が結ばれた。


メノウが見ている先で、日が沈み切った。

地平線に赤々と燃えていた夕日の残り火が徐々に失せていく。空は青から藍色、さらには黒の宵闇へと移り変わって夜の時間が訪れる。昼の支配者である太陽の代わりに空を彩るのは、満天の星々と月明かりだ。

基地の裏手側に回って待機していたメノウは、星の位置から時間を逆算する。

「そろそろね」

「ん」

二人は導力光の灯が見える基地を遠巻きにしつつ、突入の合図を待っていた。

正面からアーシュナが突撃をかけ、混乱しているところで中枢部を抑えるのがメノウたちの役目だ。

「合図がなかったら、このまま撤収？」

「そうだけど……ま、大丈夫でしょう。アーシュナ殿下が失敗するのが想像できないもの」

「じゃあ、モモのほうがひどいことになってるかも。アカリちゃんが心配」

「だからモモは大丈夫よ」

しつこく絡んでくるサハラをあしらった時だ。

「お」

メノウは小さく声をあげる。

夜陰を切り裂く、煌々たる炎の刃が出現していた。

自然現象ではありえない、だからといって人為的な現象だと言われてもそんなバカなと一笑に付したくなる刃だ。メノウがあれを目にするのは二度目である。初めて見るサハラなど目を丸くしている。

開戦の合図として『姫騎士』アーシュナ・グリザリカの剣が一閃した。

砂丘を崩さんばかりの轟音が、砂漠の大地に響いた。

四章 裏切り者の片腕

夜も更(ふ)けた砂漠の時間。

太陽の光を失い冷えていく夜気に包まれながらも、真っ暗闇(くらやみ)ということはない。遮(さえぎ)るものがない砂漠の天中には満月が昇っていた。砂粒が、ほのかに月光に照らされている。

足元に影ができる月明かりのもと、アーシュナは昼の強烈な日(ひ)差(ざ)し除(よ)けに使っていたローブを脱ぎ捨て軽(かろ)やかな服装を披露する。

ひし形を基本として上半身の要所を覆(おお)い、スカートには切れ込みを入れてひらりと翻(ひるがえ)して揺らす。砂漠の踊り子よりも挑発的に軽やかで、常識から抜け出すことのない貴族の礼装よりも雅(みやび)な服装こそ、彼女の普段着だ。

「さて」

騎士を引き連れるアーシュナの視線の先には、いかにも怪しげな基地がある。

砂丘の陰に隠れながらも、遺跡を再利用して防衛能力を高めてある施設だ。怪しげといっても、それは発見できればの話だ。地形を巧妙に使って人目を忍んだこの場所は、案内がなければ発見することも困難だっただろう。

人身売買を生業とする武装集団『鉄鎖』の本拠地だ。

遠目からでも規模の大きさがうかがえる。メノウと打ち合わせをしたことで、ここがなにかしらの儀式魔導陣になっているのも理解した。

アーシュナは人でなしの居所へ、正々堂々、真正面から近づいていく。隠れも、忍びもしない。王者の風格のまま闊歩する。

見張りに立っている人間が接近するアーシュナに気がつき警戒をあらわにした。

導力銃の射程外。まだ距離がある場所で立ち止まったアーシュナが、大剣を引き抜いた。

「導力銃は危険で便利な道具だが、紋章導器と違って応用が利かないのが欠点だな」

誰に聞かせるでもなく独白。導力銃は、紋章魔導と違って魔導構築の手間はかからない。素材学も紋章学も学ばずとも、引き金をひくだけで人を殺傷できる。

だが届かないところには届かないし、威力の増減もできないという欠点がある。

アーシュナは、導力を己の大剣に注ぎ込む。

『導力：接続――王剣・紋章――二重発動【斬撃：拡張・爆炎】』

夜が、照らされる。

魂より引き出し、たっぷりと注ぎ込んだ【力】で発動した紋章魔導により、巨大な炎の剣が形成された。

「押し入らせてもらおうか」

静かな闇が暴力的な炎に押しのけられて、夜の砂漠の冷たい空気が猛る熱にさらされる。煌々と輝く炎の刃に、門番の男もぎょっと目をむいた。

巨大な炎の剣が、躊躇なく振り下ろされる。

迫りくる炎剣の迫力に、見張りに立っていた男たちが泡を食って逃げ出した。これは見張りが持つ導力銃でなんとかできる範囲を超えている。警告を飛ばす暇もなく、蜘蛛の子を散らしたように逃れようとする。

止められることなく振り抜かれた炎の剣は、正門に叩きつけられるのと同時に起爆した。城を切り裂く剣を持つ姫騎士がもたらした爆発音に、基地の人間たちの意識が集中した。もとより見張りに立っていた者のみならず、寝ている人間すらも飛び起きる。にわかに騒がしくなる基地を前にして、隠れることなく、急ぐこともなく、アーシュナ・グリザリカは騎士数人と吹き飛ばした門から悠々と『鉄鎖』の基地に乗り込んだ。

鉄鎖の迎撃部隊の対応策は、至極単純だった。

殺意と敵意のこもった幾多の視線にさらされて、アーシュナは心地よさげに目を細める。

「悪くない」

戦場の空気だ。すぐさま、数人の襲撃者が飛びかかってくる。それを撃退しつつも、アーシュナは歩を進める。迎撃がやけに散発的なのは誘いだ。どうやら自分を連れて行きたい場所があると知って、アーシュナは誘いに乗った。

誘導された先は、三方が建物に囲まれた袋小路だ。壁にはところどころ銃孔が開けられている。

「ほほう」

目の前に現れたものを見て、アーシュナの声が弾(はず)んだ。襲撃を受けて展開された配置に、人員の質の高さが見て取れる。なによりも視線の先にある三つの巨体に心が躍った。

導力強化装甲兵。

自律型の魔導兵ではなく、外骨格フレームに人が搭乗して操作する魔導兵器だ。それが三体前に現れた時、アーシュナはひらひらと後ろ手を振って、騎士たちに離れるよう指示を出した。短い期間で、騎士たちはアーシュナに全幅の信頼を置くようになった。互いに頷(うなず)き合って、その場を離れる。

『導力：接続――王剣・紋章――発動【斬撃：拡張】』

長く伸びたアーシュナの剣が、騎士たちを追おうとした導力強化兵の行く手を遮った。

「おいおい。私の誘いを断るのか？　レディが手を差し伸べれば、一緒に踊るのが男の義務というものだぞ」

「……そうだな」

内部からくぐもった声がした。導力強化装甲に乗り込んだ男の声だ。アーシュナの刃を押しのけ、向き直る。

「貴様を殺してから追いかければすむことだった」

「ほう？」

口角を持ち上げる。

「やってみろ。私を飽きさせるなよ？」

アーシュナは獰猛に笑って迎え撃った。

基地の正門が、轟音を立てて吹き飛んだ。

正門が爆発したのを合図に、メノウたちは内部に侵入していた。

アカリがさらわれた時に、本拠地だろうと目星をつけていた建物だ。手早く一階を制圧。出入り口を潰すために、二階へと上がる。

そして通路を音もなく疾走していた二人は、同時に足を止める。

通路の曲がり角の先から、魔導兵が現れた。

長い八本の脚を持った、蜘蛛のような魔導兵だ。

小型の導力炉を内蔵して、それを動力としている。中心部の大きさは、人の胴体ほどだ。長い脚先には、壁面に取りつけるように細かい爪が並んでいた。

人を壊すには十分な凶器になる脚。それを突き立てるようにして襲い掛かってきた。

「ッ!?」

メノウとサハラは、左右それぞれに飛びのいて紙一重でかわした。

二人を刺しそこねた脚が、がりっと音を立てて床を削る。殺傷能力は十分だな、とメノウは冷静に相手の手札を分析。正確な見切りで攻撃をやり過ごすと同時に、関節部に短剣を突き立て、顔をしかめる。

刃が刺さらなかった。

「最悪」

分厚く硬質ながらも弾力がある手ごたえだった。もっとも脆（もろ）そうな箇所への攻撃すら、通じる気配がない。そんな魔導兵を見て、サハラがぼやいた。

「【青蜘蛛】。あれは、屋内制圧用の蟲（むし）型魔導兵」

「さすが『絡繰り世（からくりよ）』防衛線帰り。詳しいわね。弱点は？」

「特にない。動きは速い。攻撃力も高い。脚も含めて弾性があるのに硬い。しかも、いっぱい。しいて欠点を挙げれば、遠距離攻撃が皆無なことくらい」

サハラが言い終わると同時に、同型の魔導兵が通路を埋め尽くす勢いで出現する。

だがサハラから相手の特徴を聞いた時点で対処法は決まっていた。

「サハラ、合わせて」

声をかけると同時に、メノウは教典に導力を注ぐ。

遠距離攻撃がないのなら、とっとと強力な魔導で潰してしまうに限る。

『導力：接続――教典・十二章一節――』

メノウの魔導構築の速さは驚異的だが、それでも数秒のタイムラグはある。魔導発動の気配を察して【青蜘蛛】が一斉に飛びかかろうとする。

そこに、サハラが立ちふさがった。

「ん」

『導力：素材併呑――義腕・――発動【スキル：巨人の掌】』

サハラの義肢から広がった掌が、通路を覆う。飛びついた魔導兵たちは、噛みつき、足を突き刺し、展開された掌型の導力光を砕きつつも前進を止められた。

どんぴしゃのアシストだ。絶好の機会に、狙いすましたメノウの魔導が発動する。

『発動【打ち付けよ、打ち付けよ、ただ支えるために】』

教典から立ち昇った導力光が、無数の釘をかたどった。

高速で打ちだされた導力の釘は、メノウの操作によって【青蜘蛛】の群れに襲いかかる。あるいは手足を吹き飛ばされ、あるいは胴体を貫いて機能を停止させる。

一網打尽だ。ぴゅう、とサハラが口笛を吹いた。

「さすが、『陽炎の後継』。器用ね。その数の釘の操作は、普通なら絶対、無理」

「そう？　ま、導力の操作能力くらいしか自慢できるものもないから」

教典を閉じつつ、周囲を警戒する。

追加の襲撃はなさそうだ。ただ先ほどの魔導兵がこちらに差し向けられたということは、メノウたちの侵入が感づかれていることを意味する。

不意打ちはお終いだ。相手も態勢を整えてくる。

「さすがに気が付かれたわね」

「ここからは、手分けをしましょう。基地そのものが魔導陣なら、この建物が中心なのは間違いない。メノウがこの中央の術者を追い詰める役。私は四方の塔を回っていく」

確かに、重要なのはこの基地の魔導陣を崩すことだ。

「じゃあ、私は上に行くわ」

「わかった」

取り逃がしたものの対処はサハラに任せ、メノウは一人、指名手配犯がいるはずの上階へと向かった。


一分で終わらせる。

導力強化装甲に搭乗し、正面から殴りこんできた騎士たちの迎撃隊の隊長を務める男はアーシュナの挑発に乗った時にそう考えていた。

導力強化装甲は、強力な魔導兵器だ。搭乗者の導力を自動で機体に接続し、循環、増幅する。搭乗している最中は他の導器が使用できなくなるのが欠点ではあるものの、それを補って余りあるリターンを搭乗者にもたらす。

生身では及びもつかない馬力と機動性、さらには圧倒的な重量だ。

導力出力の弱いものを引き上げ、もとから強いものをさらに強くする。面倒な訓練もいらず、搭乗するだけで圧倒的なパワーを約束する導力強化装甲の出力は、一流の騎士の導力強化を間違いなく上回った。

『姫騎士』だか知らないが、たった一人だ。対して、こちらは導力強化装甲に搭乗した人員が三人。しかも周囲の建物には導力銃で武装した人間を配置している。負ける要素はなかった。

役得だなと戦う前から下卑た下心さえ彼らは抱いていた。

身長が高過ぎるが、それを差し引いてもアーシュナは滅多にお目にかかれない美人だ。なによりも王族という生まれからきているだろう尊大さがいい。ぼろぼろに打ち倒し、尊厳を砕くべく女に生まれたことを後悔するような目に合わせてやると舌なめずりをする余裕があった。

そうして戦いを始めて一分が経過した時、仲間が一人、両断された。

「――――ッ！」

導力強化装甲ごと真っ二つにされるなど、彼は死ぬ瞬間まで想像もしていなかっただろう。

乗り手の導力を引き出して強化しているため、同質量の鉄鋼よりも重く、硬い。並の紋章障壁を上回る硬度を持つ装甲に包まれていたのだ。

アーシュナが振り下ろした大剣で中心線から唐竹割りにされた彼は、悲鳴すらあげることなく即死した。

導力強化装甲に乗り込んでいる残り二人は、信じられない光景に慌てて距離をとった。

当初は導力強化装甲に搭乗した三人で囲むように押し潰せば、それだけで終わると考えていた。なにせ大抵の攻撃は弾く装甲に、並の人間が導力強化をした程度では及びもつかない膂力と重量がある。それが三体あれば、騎士だろうと神官だろうとなすすべなく押し負かすことができる。

だというのに、あろうことか目の前の女は包囲の一人を片手で押しのけ、体勢を崩した隙に叩き斬ってみせた。

建物の窓から、慌てた様子で援護射撃が放たれた。いくつもの銃弾が地面に着弾して土煙を舞い上げる。だがアーシュナの動きを捕らえられない。足元に銃弾が叩き込まれようと、構わずに疾走する。大地の凹凸を踏みしめてジグザグに機動する。アーシュナの身体能力を跳ね上げる導力強化の燐光が尾を引き、一か所にとどまらずに動き続ける光に幻惑されてか、銃口は右往左往した。

「調子に、乗るなよォ！」

ならばその動きを止めようと、アーシュナの行く手に強化兵が立ちふさがる。

なるほど、アーシュナの能力は驚異的だ。だがしょせんは生身の一人きり。動きさえ止めてしまえば、導力強化装甲を纏っている自分を巻き込んでの銃撃で蜂の巣にできる。

「はっ！」

楽し気に笑ったアーシュナは、大剣を放りだして真っ向から機体に組み付いた。手四つでがっつりと組み付く力比べの体勢。力負けしたのは、導力強化装甲に搭乗している側だった。

「懐かしいものだ。このおもちゃ、姉上のコレクションにあってなぁ。幼い頃に、結構ワクワクして乗ったことがあったんだ」

支援の銃撃がない。なぜだと焦りに駆られてから、気がついた。

自分が、盾にされている。三方ある壁のどの銃孔から撃ち込もうとも、組み合っている自分が射線を遮る位置にいる。射線を開けようにも自分は抑えつけられて身動きが取れない。これが偶然のはずがない。アーシュナの勝気を利用して嵌めてやろうとの目論見だったのに、自分が盾になる位置に誘い込まれていた。

「く、そ……！　こんなバカなことが――」

「なのに、私が搭乗したら【力】の過剰供給で壊れた」

力比べをしていた強化外骨格の腕が圧力に耐え切れずに崩壊した。アーシュナはすかさず腕をつかみあげ、肩の付け根からもぎ取って投げ捨てる。

「やはり戦うのは生身が一番だと、つくづく思ったよ」

叩き込まれた拳が装甲を突き抜け、搭乗していた男の頭を砕いた。

残るは、隊長格の男が一人。

「弾をばらまけぇ！」

隊長格の男が叫ぶと同時に、周囲の導力銃持ちが無差別に発砲を始めた。

導力銃は撃った分だけ持ち主の導力を消費するが、四の五の言っている場合ではない。狙いをつけていた先ほどと違い、完全に無差別な掃射だ。ランダムに銃撃が着弾する中、男は突進した。導力銃の威力は、導力強化装甲を貫くほどではない。一対一では勝ち目がないが、銃弾の嵐に巻き込んでやればと突撃する。

「導力銃は、これをされるのが一番嫌いだ」

落胆に息を吐いたアーシュナが、大剣に導力を注ぐ。

『導力：接続――王剣・紋章――多重発動【多重障壁】』

紋章魔導が発動した。

大剣から幾面もの障壁が展開される。剣から広がる光壁は、アーシュナを守るだけではなく折り曲がって拡張し、発砲している人間まで呑み込んだ。

目の前に突如発生した障壁に対応できず、発砲した銃弾が跳ね返る。自分が放ったはずの弾を受けた人間が次々とうめき声を上げて倒れた。

その結果を見て、アーシュナはつまらなさそうに吐き捨てた。

「手ごたえもなく終わるからな」

幾度もの銃撃でアーシュナは射手の位置を把握していた。導力強化兵のリーダーは、茫然と立ちすくむ。

「なんだ……なんだというのだ、これは――あ」

彼の眼前には、大剣を振りかぶったアーシュナがいた。心の底から戦いを楽しんでいる彼女の笑みが自分の生涯最後の光景になると悟って、顔を歪める。

「この、バケモノめ」

「気の利いた遺言だな」

振るわれた一閃に、容赦はなかった。

「殺し合った相手から称賛の言葉を贈られるなど、照れるではないか」

嬉しそうに笑うアーシュナの背後で、真っ二つになった導力強化兵が崩れ落ちた。

アーシュナは大剣を一振るい。ひゅんと風切り音を立てながら付着した血のりを払う。

まだまだ、戦いは終わっていない。

「さぁ、次だ」

戦闘の飢えを満たすべく、平らげる敵はまだまだ残っている。日常では持て余す力をどこまで発散できるか。頬に付着した返り血を掌でぬぐい、収まる気配のない戦意にぶるりと武者震い。

アーシュナ・グリザリカは猛獣さながらの笑みを浮かべ、戦場に身を投げた。

先ほどから鳴り響いていた銃声が途絶えた。

アーシュナが一戦を制したのだろう。音で戦場の様子を把握しながら、本拠地の屋内を順次制圧して駆けあがっていたメノウは最上階の扉を開けた。

「来たか」

最上階にいたのは、細身の青年だった。

町中で襲撃をかけてきた時、リーダー格だった青年がメノウへと酷薄な瞳を向ける。その右目は、作り物の義眼だ。

彼も、義体だ。

自然とメノウの警戒心が高まる。

「あなたがここの団長……じゃあないわよね」

団長ヴォルフは四十手前の男だ。この青年はもう一人の指名手配犯、ミラーだろう。

もしやヴォルフは逃がしたか。そうなると、サハラが捕まえてくれているのかどうか。いくつもある可能性を考慮しながら短剣を構える。

「『鉄鎖』副長のミラーね。団長のヴォルフはどこ？」

「団長は殺した」

主犯の消息が彼の口から出てくるとは思っていなかったが、予想の斜め上の返答が来た。

「……殺した？　まさか、あなたが？　どうして？」

「ヴォルフはここの基地の廃棄を決断したからな。ありえないことだ。お前たちを引き込めば、それでこの魔導陣は発動するというのにな」

二つ目。奇妙な共通点を見つけたメノウの中で、警戒度が引き上げられる。

「やっぱり……この基地そのものが、魔導陣になっているのね」

「ああ。条件起動式だ。龍脈が使えないのならば、それ以外の手段で導力を調達するしかない。この魔導陣は死んだ人間の導力を吸収して作動する。団長だったヴォルフは、それを知って部下たちが死ぬのを嫌った」

「そう」

なるほど、クズにも段階があるらしい。意外な事実を知って、メノウはひとつ賢くなった。目的よりも部下の命を大切にする程度の節度を持っていたのが、前団長だったらしい。

「あなたは?」

「聞くのか?」

確かに、愚問だった。

人の命が大切ならば、団長を殺しているはずがない。

「ここの魔導陣。なんで異世界人召喚の魔導陣になっているの? 言っておくけど、平面構成の魔導陣じゃ、異世界とはつながらないわよ?」

「異世界とつなげる必要はない。異世界人はこの世界にもいるからな」

とっさに、彼の言っている意味をつかみかねた。

「知っているか？　『絡繰り世（からくりよ）』の結界は、緩（ゆる）んでいる。四大人災（ヒューマン・エラー）『絡繰り世』。これは、その一部を呼び出して掌握するための魔導陣だ」

四大人災（ヒューマン・エラー）の一部。その力を手に入れるための計画だ。

つまるところ、『鉄鎖』はマノン・リベールと同じことをしようとしているのだ。

「質問は終わりか」

「ええ。答えてくれてありがとう。やけに素直だったけど、理由はあるの？」

「俺（おれ）が死のうが、お前が死のうが、結果は既に変わらないからな」

「大丈夫よ。そこまで聞いたら、きちんと生け捕りにするから」

条件起動式の魔導陣は、逆を言えば条件を満たさなければ起動しない。ミラーも、自分も死ななければいいのだ。

「はっ」

嘲（あざけ）るように、ミラーが笑う。

「やってみろ、『陽炎の後継（フレアート）』。お前ほどの者を殺せば――俺のレベルも上がるはずだ」

『導力：素材併呑――義眼・内部刻印魔導式――』

展開される魔導に、メノウは眉（まゆ）をひそめた。

よく似た魔導構成を最近見た。

なぜと疑念が湧いたメノウの戸惑いなど斟酌されず、魔導は発動された。

『起動【スキル：石化の蛇眼】』

ミラーの義眼から、光が放たれた。

緑色の導力光に照射された場所が灰色に石化していく。

とっさに飛びのいてかわしたメノウは、いまの魔導現象を考察していく。

義眼が導器だとしても、魔導が特殊過ぎる。素材学の観点からして、石化などという特殊極まりない魔導の構成要素が、目玉程度の大きさに収まるとは思えない。

「古代遺物？」

「違う」

千年前にあった古代文明期の導器かという問いを、ミラーが否定した。彼らしくもなく、執着の熱がこもった声だ。

「これは、俺が手に入れた力だ」

『導力：素材併呑――義眼・内部刻印魔導式――起動【スキル：灼熱の緋眼】』

ミラーの義眼の目の色が変化した。

緑から、赤へ。魔導の事象展開と同時に、彼の視線の延長線上が燃えあがる。

メノウは間一髪、身を伏せてかわした。尾を引くように残ったポニーテールの毛先が、ちりりと焼かれる。

髪の焼ける臭いが鼻についた。毛先の焦げ付きに意識を割く暇もない。メノウはミラーの視線から逃れるために、床を蹴って天井に飛び上がった。

同じ導器を使用して性質のまったく異なる魔導を発動させるには、それこそ第一身分の持つ教典のような複雑さがいる。

だが事実として、ミラーが視線を動かすだけで灼熱の炎が燃えあがる。襲い掛かる脅威を否定しても始まらない。

力の源が、彼の義眼であるのは疑いようもない。メノウはミラーの視界から逃れる動きで直撃を避ける。

飛び上がる際にくるりと身をひねって、天井を足場に壁面へ。導力強化で身体機能を上げたメノウは、三次元の機動でミラーの背後をとる。

「よく避けるな」

メノウを追ってくるりと振り返ったミラーが、ぴたりと一点に視線を固定する。なにをするつもりか。油断なく注視していると、ミラーが視線を固めた空間に炎球が生まれた。

熱量が凝縮された、炎。

それを見て、メノウはとっさに神官服の紋章に導力を流し込む。

『導力：接続──神官服・紋章──』

炎の塊が、収縮した。

内に集まったエネルギーが弾け、熱エネルギーのすべてが解放される。

『発動【障壁】』

大爆発が起こった。

至近距離で弾けた爆風が神官服の紋章障壁を突き抜ける。密閉された室内での爆破に気圧が急激に低下し、ぐっと体に負荷をかけた。

「や、ってくれたわね！」

危うく死にかけた。吹き飛ばされつつもかろうじて軽度の火傷のみでしのいだメノウは、壁を蹴ってミラーの側面から飛び込んだ。接近戦に持ち込めば、先ほどのような攻撃は巻き込みを恐れて使用できない。それを狙って短剣を繰り出す。

ミラーの右目が、青く染まった。

『導力：素材併呑――義眼・内部刻印魔導式――起動【スキル：幻惑の邪視】』

「いい加減、読めてるわよ！」

叫び、メノウは短剣の腹をかざす。先ほどから、ミラーの魔導はすべてが視線を媒体としている。ならば有効打になりえると鏡面にした短剣が、青色の導力光を照らし返した。

「ぐっ」

青い導力光が、そのままミラーに跳ね返った。

どのような幻惑を見ているのか、ミラーの動きが止まる。その一瞬で接近。首をかっ切ってやろうとしたが、相手が意識を取り戻すほうが早かった。

ミラーは即座に肉厚なナイフを抜いて、メノウの一撃を受け止める。

視線が、交錯する。

至近距離のにらみ合い。先ほど魔導を反射させられたミラーが義眼の魔導を発動させることを躊躇した。

意識の崩れは隙になる。メノウが続けて振るった短剣がミラーの頰を切り裂いた。

「ちィ！」

ミラーがナイフを振るう。牽制の一手だ。距離をとりたがっている。メノウは下がらず、紙一重でかわした。ぎりぎりの見切りで攻撃をやり過ごすと同時に、回避運動の勢いを右足に乗せて相手の膝を蹴りつけた。

膝関節を砕いてもおかしくない一撃だったが、ミラーは導力強化で耐え抜いた。

上段からミラーがナイフを振り下ろす。

刃の一撃を、短剣で受け止める。導力強化を施したメノウの腕力でも重たい一撃だ。押し切れると判断したミラーがそのまま押しこもうと力を込める。メノウは力で押し合うことを放棄し、後ろに跳ねた。

メノウが引いた分、間合いができる。メノウは相手の特徴を把握するためにじっと観察する。

ミラーの身体能力は、明らかにメノウを凌駕している。素のメノウの肉体とは比べるまでもないのは当然として、導力強化を施した時のメノウの身体能力をも上回っているだろう。動きも洗練されており、格闘術ではメノウに匹敵する。義眼を使った特殊な魔導も含め、間違いなく強敵だ。

『導力：素材併呑──義眼・内部刻印魔導式──起動【暴虐の赤眼】』

目の色は赤。だが、先ほどの炎を操る魔導とは気配が違う。

ミラーが正面から突っ込んでくる。メノウの動体視力でも輪郭が霞んで見えるほど高速機動に虚を突かれる。先ほどまでの身体能力とは一線を画している。ただの導力強化ではない。義眼の魔導によって活性化しているのだ。

だが軌道が単純だ。迎撃は容易だと反撃の魔導を放とうとした時だった。

ミラーが、垂直に跳ねた。

「ッ⁉」

予備動作のほとんどない垂直飛びだ。足首だけを使った特異な動きに読みを外され、一瞬だけ硬直してしまう。

天井まで飛び上がったミラーは止まらない。天井に両手を突き、肘をたわめて力をためる。両の足を揃えて、まっすぐ向けた先は下にいるメノウだ。振り下ろされる槍がごとき勢いで、ミラーが垂直落下した。

床が、砕けた。

全体重と重力を味方につけた蹴りは強烈だった。

メノウは石造りの頑丈な建材と一緒に落下する。空中で体勢を整え着地した。

ミラーは、その瞬間こそ待ち望んでいた。

『導力：素材併呑——義眼・内部刻印魔導式——起動【灼熱の緋眼】』

どろりとしたマグマほどに濃密な炎が襲い掛かった。

着地時の衝撃を受け止めるため、無防備になった瞬間を狙いすました攻撃。だがメノウには届かない。

『導力：接続——教典・二章五節——発動【ああ、敬虔な羊の群れを囲む壁は崩れぬと知れ】』

戦闘で予想外の出来事が起こるということなど、メノウにとって予想の内だ。だからこそ、メノウは後出しでどのような事態にでも対応できる手札を揃えている。

教典魔導の多様さは、他の追随を許さない。

必殺の炎を、清らかな壁が阻む。着地時に隙が生じてしまうことなど、メノウだってわかっている。事前に防御魔導の発動準備をすませていたのだ。

さらに着地までの時間に教典魔導を発動させる。

『導力：接続——教典・一章二節——発動【杭を打ちて、始まりの地を知らしめる】』

メノウの導力が光の杭になり、足元の床の一点に打ち込まれて滞留する。攻撃魔導ではない。

己の導力を指定箇所に滞留させる魔導である。

準備を終えると同時に、防壁の効果が切れた。すかさず接近してきたミラーを牽制するため短剣を投げつける。

『導力：接続――短剣・紋章――発動【導糸】』

短剣の柄に、導力の糸が形成される。糸でつながった短剣の投擲に、ミラーもナイフを投げつけて弾いた。

空中で二つの刃がぶつかり合って、あさっての方向に弾かれる。ミラーは素手になったメノウの肩へと組みつき、至近距離からぎらりと赤色に染まった義眼を向ける。

『導力：素材併呑――義眼・内部刻印魔導式――起動【灼熱の緋眼】』

「死ね」

「あんたがね」

ミラーの必殺は、一手遅かった。

弾かれて床に落ちた短剣は、先ほどメノウが滞留させた導力溜りに突き刺さっていた。

『導力：接続（経由・導糸）――短剣・紋章――遠隔発動【疾風】』

疾風は、ミラーの足元から発生した。

導糸を経由し、事前に滞留させた導力で紋章魔導を遠隔発動させた。それを見抜けず、彼は罠にはまった。

天井まで吹き飛んだミラーが片目を抑える。空中では身動きが取れない。体ごと回転する視界に、視線で誘導される炎が滅茶苦茶（めちゃくちゃ）なロンドを踊る。

宙に投げ出されていたミラーが落ちてくる。彼の落下に合わせて、メノウは神官服の裾（すそ）をはためかせ、限りなく垂直に近い角度で高々と足を振り上げ――全力で、叩き込んだ。

「おぶゥ――！」

踵（かかと）落とし。

振り落としたメノウの踵がミラーの腹を直撃した。その勢いで床に叩きつけられた衝撃は強烈だ。ミラーは息を詰まらせ、胃液を吐き出す。

メノウは相手が硬直した隙に、彼の義眼がはめ込まれている右目に容赦なく指を差し込んだ。

「や、やめ――」

「もらっていくわよ」

「――ッぁああガァあああああ！」

義眼を、引き抜いた。

ぶちぶち、と視神経が引き裂かれるのに似た音がした。普通の義眼ならば形だけのものが、やはり脳にまでつながっていたようだ。

「三原色で作られた導器、か」

顔をしかめつつ、奪い取った義眼をミラーの手が届かない場所に投げ捨てる。どう処理するかは、後で考えればいい。

ミラーの能力は驚異的だった。彼自身のスペックも高く、特殊な能力も持っている。だからこそメノウと相性（あいしょう）がよかった。

よくも悪くも、モモやアーシュナはからめ手に対応しない。彼女たちは素質が優れているからこそ正面戦闘を好んでいる。あの二人だと、ミラーの特殊な義眼の能力に対処できず不覚をとった可能性がある。

メノウは、そんな強者を完封できる戦い方を叩きこまれている。

いつだかメノウをほぼ完封せしめたオーウェルの技量が異常だったのだ。からめ手、正面戦闘のどちらをも高度に修めているメノウは、そうそう一方的に窮地に陥（おちい）ることなどない。

メノウの勝利だ。

「ぁあぁあああ……返せ……お、俺の、それが、なければ――」

ミラーは、眼窩（がんか）を抑えてうめいている。血は出ていない。空いた穴から出てきたのは、導力光だ。傷口から導力光が流れているのを見て、メノウは確信する。

体が、作り変えられている。

いまメノウが引き抜いた義眼に合うように、肉体が【力】の比率を上げて人間とは別のものになりつつあるのだ。

「【器】の漂着、ね」

メノウはぽつりと、サハラが言った台詞を呟き、ミラーに視線を移す。

幸運もあって、生け捕りにできた。義眼を返せとうめいているが、重要な証拠物だ。素材学と紋章学の心得があるメノウが後で義眼を解析するつもりである。

顎を蹴り抜き、ミラーの意識を飛ばす。

「これでケリはついた――ん？」

後はこの基地の形をした魔導紋章をアーシュナと協力して切り崩していこうと考えたタイミングで、メノウが戦っていた部屋の扉が開いた。振り向いてみれば、サハラが入室していた。

「そっちも終わったの？」

「ええ」

それが真実かどうかはさておき、メノウは耳を澄ます。聞こえてくる音からすると、正面から基地を襲っているアーシュナたちも一方的に優勢だ。まだ少し時間がかかりそうだが、遅からずこの基地は鎮圧される。

「じゃあ、こいつの引き渡しはあなたに任せたわ」

「わかった」

頷いたサハラが、ミラーに近づいた。

メノウは一歩、後ろに下がる。さて、どうなるのか。短剣を太ももに巻いてあるホルダーには納めず、右手に握ったまま事の成り行きを確かめる。

サハラが鋼鉄の右腕を振り上げ、ミラーの頭を砕く。

「……ふふっ」

なるほど、こうなったのか。

無力化ではなく、殺害。内心で小さく呟（つぶや）いたメノウに、サハラは笑みを浮かべる。

「魔導陣の発動まで、あともう少しね」

ひどく、歪んだ笑みだった。

「アーシュナ・グリザリカと騎士たちすら一人も減らなかったのは情けないけど……トキトウ・アカリとモモをあなたから引き離せた。戦いで消耗もしている。悪くはない」

「どういうことかしら」

「驚かないのね」

「疑ってたもの」

もしかしてと思ったのは、サハラの魔導を見てからだ。明らかに魔導構成の性質がおかしかった。

「その腕。いま戦ったミラーの義眼と、同じようなものでしょう？　前にも聞いたけど、あなたの右腕は、大丈夫なの？」

「言ったはずよ」

そしてミラーと戦い、ほぼほぼ確信を抱いた。この二人には、あまりにも共通する言動が多かった。内通でもしているのか、と疑っていたのだが、それだけでは済まない様子だ。

「これは東部未開拓領域『絡繰り世』で得た、私の力」

嫌悪感のこもった返答を吐き捨て、サハラが右腕の拳を握る。

「メノウ」

『導力：素材併呑――義腕・内部刻印魔導式――』

魔導構成の概要が、先ほどまで戦っていたミラーと同一だった。

「この一戦で、私はあなたを超える」

『起動【スキル：導力砲】』


導力強化装甲が率いていた一隊を壊滅させてからは、敵は散り散りになった。

アーシュナから離れた騎士たちは、各々が連携をとって敵を討ち取っていく。

「それにしても、優秀な神官の協力が得られてよかったですね」

「アーシュナ殿下さまさまだな」

中枢部から指示がある様子もなく、烏合の衆と化している。すでに戦況は、残党狩りの様相を呈していた。

「でも『鉄鎖』を壊滅させるための口車に乗せられたわけじゃないですよね」

彼らの目的は東から逃げてきたとある女の捕縛だ。そいつを追ってわざわざ無法地帯である中央部未開拓領域の砂漠に足を踏み入れたものの、『鉄鎖』とやらの戦いは想定していなかった。

追っていたのは、単独犯なのだ。

東部未開拓領域の防衛線で魔導兵になりかけながらも、中央部未開拓領域の無法地帯に逃げ込んだ逃亡犯。

「腕に覚えのある犯罪者が武装集団に合流することはままあることですけどねぇ」

「騙（だま）されていたところで、人さらいの武装集団を壊滅させるためなら本望だろう？『鉄鎖』といえばゲノム・クトゥルワの麾下（きか）だからって領域国家でも誘拐をしやがるクズどもだ」

「ははっ、確かに。いい機会ですね」

自分たちに正義があることが証明された優勢の戦況に、騎士たちも軽口に笑い声をあげる。

「ま、任務通りに指名手配犯を捕まえられればそれが一番だけどな」

「『絡繰り世』に絡まれたっていうのに、脱出したって話だからな」

「なんにしても放っておけるもんじゃねえですよ」

忌々しそうに、追っている相手の名を告げる。

「指名手配犯の修道女、裏切り者のサハラは」

特別な人になりたかった。

サハラは、自分が卑怯(ひきょう)で卑劣な人間だということを知っていた。

嫉妬(しっと)深い皮肉屋で、考え足らずの軽率で、ちょっとしたことで他人を許せなくなる。

飄々(ひょうひょう)とした外面(そとづら)を保っているのは、醜い本質を隠すための仮面だ。優れた人を見れば心中で嫉妬の炎が燃え上がる器の小さな自分がみじめたらしくてしかたなかった。

風雪で巨大な岩石から落ちこぼれ、黒く錆(さ)びつき川の底に沈むしかない鉄砂のような自分が、嫌(いや)で、嫌で、大嫌いでたまらなかった。

だから特別になりたかった。

他の人より優れた力が欲しかった。

力があれば、他人にも優しくなれる。

そう思っていた。

サハラがその修道院に連れてこられたのは、とある人身売買の組織が壊滅したからだった。

処刑人『陽炎（フレア）』と『第四（フォース）』の盟主との潰（つぶ）し合い。大陸各国をまたいだ抗争の終わり際、ついでのようなあっけなさでサハラを捕らえていた人さらいの組織は壊滅した。

『陽炎（フレア）』に助けられた時のことは、サハラにとって特別な記憶だった。檻（おり）に閉じ込められ、原罪魔導の生贄（いけにえ）用として値札をつけられていた。

――ガキか。

ちらりと一瞥（いちべつ）されただけだった。それでも赤黒い短髪を揺らして、短剣を片手に敵と切り結ぶ姿は鮮烈にサハラの記憶に残った。

カッコよかった。

導師（マスター）『陽炎（フレア）』の振る舞いに、強烈に憧（あこが）れた。

周囲に流されることがなく、どこか独特な雰囲気がある。そんな彼女の立ち振る舞いに憧れた。

自由になったところでサハラに行く当てなどなかった。

もともと第三身分（コモンズ）の親が貧しさに耐えかねて売り飛ばしたのがサハラだ。人身売買の組織から解放されたサハラは、導力適性の高さを見出（みいだ）されて修道女になるべく引き取られることになった。

だからサハラにとって、明らかに異常な修道院に引き取られたのは、むしろ幸運だった。

第一身分（ファウスト）の聖地にありながら、周囲から隔離された修道院。幼い子供の心を壊すために組み上げたとしか思えない教育プログラムで厳格に管理された空間だ。

課せられた過酷な訓練を、サハラは歓迎した。異常な場所だからこそ、ここで訓練をこなせば特別になれる気がした。心が潰れそうになるストレスは、より弱い相手にぶつけて発散した。共同生活をして協力を誓い合っていた子供もいたけれども、サハラは周囲を蹴落とすことをためらわなかった。

自分を助けてくれた『陽炎』のようになるのだ。

はっきりとした目標があったからこそサハラは訓練に打ち込めたし、同じ訓練生だろうと他人を陥れることをためらわなかった。

自分の訓練成績を上げ、他人の成績を引き下げる。一刻も早く修道女から神官になるべく手段を選ばず食いついているうちに、『第四』の盟主を捕らえたことで導師に引き上げられた『陽炎』が統括することになったと聞いた。

もしかしてと希望が湧いた。

生ける伝説の処刑人『陽炎』。

間接的とはいえ、人身売買組織から自分を助けてくれたのは彼女だ。あるいは『陽炎』に直々に見出されて直弟子になったりするんじゃないかと幻想を抱いた。

そんなことは、なかった。

そもそも『陽炎』は修道院に顔を出すことすらしなかった。サハラは落胆しつつも、修行に精を出した。

難解な手順の記憶と膨大な知識が必須の紋章学と素材学。繊細な精神集中が必要な導力操作技術。地道な体作りと苦痛を強いられる体術訓練。

どれもこれも地道で、華々しい特別とは程遠かった。そんなある日、導師（マスター）『陽炎（フレア）』が修道院に栗毛のぼんやりした少女を連れてきた。

ちょっと顔がいいだけの、なんてことない少女だった。『陽炎（フレア）』が連れてきた少女だということさえなければ、気にとめることもなかっただろう。

いままでロクに修道院に関（かか）わろうともしなかったくせに、導師（マスター）『陽炎（フレア）』はその栗毛の奴（やつ）が来て以来、ほとんど個別指導ともいえる教育を施すために滞在するようになった。

怒りが湧いた。

なぜ怒っているのか。言葉にはできなかったが、導師（マスター）に指導されている栗毛の奴を見る度、無性に苛立（いらだ）ちが募った。

素質も大したことがない。魔導適性値も、導力保有量も、身体能力の潜在値も、すべてがすべて自分より下だった。しいていえば容姿だけは自分以上だったかもしれないが、それだけだ。

事実、訓練で対戦をふっかけてみれば、サハラが負けることはなかった。

大したことがない能力のくせ、あの導師（マスター）『陽炎（フレア）』に目をかけてもらえている。

自分は、相も変わらず『陽炎（フレア）』の眼中にないというのに。

サハラがよくわからないイライラにさいなまれているタイミングで、やたらと泣く新入りがきた。これはカモを見つけたと、サハラはその少女の同期を集めてとり囲んだ。いま以上に泣かせてストレスのはけ口にしよう。好き勝手できる弱い対象だと疑いもしなかった。

顔面を殴られて全員が返(かえ)り討(う)ちにされた挙句、マウントポジションをとられて殴られ続けた。思わぬ反撃だった。

なんだあいつ、これからは絶対に近づかないと泣きべそをかきながら新入りの名前を調べた。モモという名前をしっかり覚えておいて距離をとった。

やばい奴は見かけによらないと学んだ。その頃に訓練で栗毛の奴に追い抜かされつつあったこともあって、サハラは自分の技量を高めることに集中しようと躍起になっていた。

どんくさくって、ぼうっとしている栗毛に負けそうになっているのは、きっと奴が導師(マスター)から特殊な訓練を受けているからだ。そう思ってこっそり二人のやりとりをのぞこうとした。

栗毛の奴が導師(マスター)からリボンをもらっているのを目撃した。

赤い、細身のリボンだ。

この修道院で、嗜好品(しこうひん)に属するものをもらえた子供など他にはいなかった。めらりと嫉妬の炎が燃えた。

なんで、あいつばっかり。

悔しさがこみ上げたが、それだけならば、くすぶるだけですんだだろう。

だがあろうことか、後日それがモモの手に渡っていた。

栗毛の奴が受け取ったはずのリボンは、あの凶暴な泣き虫の髪に結ばれていた。信じられないほどの怒りが燃え上がった。サハラは集団入浴の時間、こっそりとリボンを盗もうとした。気配を察知されてモモに捕まった挙句、動く気力がなくなるほど殴られて服までひん剝かれて強奪された。

なんで服をはぎ取るんだと陰でひっそり泣いて、さすがにもうなにもするもんかと誓ってしばらく経った。

――お前ら、もうこの修道院から出て行っていいぞ。

突然『陽炎』が修道院の子供を解放すると宣言した。

――処分とかそういう話じゃない。ただ単純に、希望者は普通の修道院に移してやる。

不審が消えて喜びの空気が流れる中、サハラは関係ないことだと無関心を貫いていた。なにせ、サハラは修道院に残るつもりだった。ここに残って、訓練を修了させて、他とは違う特別になると決めていた。

――お前らは、普通に暮らせ。なに、どうせ大したことを知っているわけでもない。お前らが救われれば、こいつが背負うものが増えるからな。

くはっと大口を開けて笑う導師の後ろに栗毛の奴がいるのを見るまでは。

ここに残って特別になるんだという感情が、一気にしぼんだ。

胸をかきむしりたくなるくるおしい感情に、頭を抱えてうずくまった。

他の誰にだって目もくれないくせに、あの導師『陽炎』は、栗毛の奴に教育を施し、贈り物にリボンを与え、明らかに無茶な頼みを聞くのだ。

そんなにも、そこまでするほどに、奴は特別なのか。

『陽炎』に助けられた時に抱いた期待と憧憬が砕け散った。少し砕けた心の隙間から、孤独に等しいなにかがサハラの胸に去来した。

サハラは導師『陽炎』が統括する修道院を辞めることにした。

荷物をまとめて修道院を離れる日、栗毛の奴の名前を調べて、そいつがメノウという名前だと初めて知った。ついでとばかり、最後に悪口を吹聴してやった。

恩に着せたつもりか。なにを企んでいるんだ。気味が悪い。あの導師と同じく頭がおかしいんだ。

悪口の発信源を聞きつけたモモに、口がきけなくなるレベルでぼこぼこに叩きのめされた。

それでも歯を食いしばって、知るもんかと謝罪だけはしなかった。

修道院を出る際に、サハラは一度だけ振り返った。

栗毛の奴――メノウは、いつも無造作にしていた髪を黒いスカーフリボンでくくっていた。

そのリボンが自分の服を使って作られたものだということが、なぜか一目でわかってしまった。

その後、サハラは普通の修道院に移った。

裏の世界と関わりのない、清く正しい修道院だ。処刑人を育てあげる苛烈（かれつ）な訓練などなく、身寄りのないものを修道女として引き取り、希望者がいれば第一身分（ファウスト）の神官へと昇格するための教育を施す施設だ。

特別になろうとがむしゃらになっていた気持ちはしぼんでいた。どこにモモの同類みたいのが潜んでいるかわかったものではないというのも理由のひとつだ。できるだけつつましやかに生きていた。


地方の教会で、サハラはまずまずの優等生になれた。優秀な若手だと、二十歳前には神官服が与えられるだろうと言われた。特に頑張るまでもなく自尊心が満たされる評価を受け取れた。そうなると意地の悪さも引っ込んで、サハラの人当たりのよさは自然なものとなっていった。

穏やかともいえる日々を過ごしていた時、メノウの噂（うわさ）を耳にした。

史上最年少での処刑人就任。『陽炎の後継（フレアート）』の二つ名。任務の失敗数、ゼロ。

数々の成果がサハラの耳にさえ届いた。メノウは裏の世界でとはいえ、頭角を現していた。

サハラは、まだ修道女だった。

あの修道院を出て以来、しぼんでいた嫉妬が膨れ上がった。

成果が必要だ。一刻も早く黒のシスター服から神官補佐の白服に上がって、藍色の神官服を纏(まと)うのだ。

そうしなくては。

……そうしなくては、なんなのか。

言葉にはできない焦燥感に突き動かされて、サハラは成果を求めて東部未開拓領域の『絡繰(からく)り世(よ)』防衛線に赴いた。

周囲は引き留めたが、サハラは強行した。戦いのある場所に、戦功はある。ならばこそ戦果を立てるチャンスが多い場所を選んだ。

噂にたがわぬ戦場だった。

東部未開拓領域『絡繰り世』防衛線。

またの名を、『絡繰り世』の廃棄場。

ふざけたことに、『絡繰り世』を構成する魔導兵が延々と廃棄される場所でしかない。

『絡繰り世』から出てくるのは単一の原色の魔導兵だけだが、外部で二つの原色が結合すると脅威度が跳ね上がる。三原色がそろった魔導兵が生まれたことが原因で国が滅びた事例すらいくつか報告されていた。結合の法則は不明だが、異なる原色の魔導兵が近くにいる数が多ければ結合の可能性が高くなるのは確かだ。

騎士型、竜型、天使型、蟲(むし)型。『絡繰り世』から多種多様の魔導兵が押し寄せてくる。魔導兵は早期に潰さなければならない。相手の物量は凄(すさ)まじく、戦術がないのが救いだ。一年いれば普通の神官の一生分は戦える。そう言われるだけのことはあった。

サハラはがむしゃらに戦った。

右腕に纏った紋章入りの籠手(こて)で接近戦をこなすサハラの力は、東部未開拓領域でも通用した。そこで戦う者たちの中でも古株の人間から、たびたびささやかれることがあった。

『絡(から)まれるな。繰られるな。世界の声が聞こえたら、迷うことなく死を選べ』

なんでも時々『絡繰り世』との防衛線付近では、世界の声とやらを受信して取り憑(つ)かれように戦いに没頭する人間が出るらしい。人によっては仲間殺しに手を染めたり、他人の制止を振り切って東部未開拓領域の奥地にまで足を踏み入れて、二度と戻ってこなくなるという。

曖昧(あいまい)な忠告に、サハラは耳を傾けなかった。具体的な内容を聞き出そうともしなかった。こんな戦場だ。正気を失うものも出るだろう。その程度の戦場伝説だと聞き流していた時に、またメノウの噂を耳にした。

グリザリカ王国の古都ガルムで大司教オーウェルの抹殺。ヴァニラ王国の港町リベールで四大人災(ヒューマン・エラー)『万魔殿(パンデモニウム)』の撃退。

華々し過ぎる活躍を聞いた翌日のことだった。いつもより深く、敵陣奥まで踏み込んだサハラは奇妙な感覚にとらわれた。

――キャラクター『サハラ』のデータが作成されました。

世界から聞こえてくるような、脈絡のない響きだった。

──コンテナ・ワールドにようこそ。あなたはレベルアップの機能を手に入れました。あなたは敵を倒すことにとって経験値を獲得し、レベルを上げ、スキルを得ることができます。【器】を広げることが可能となったあなたは、自由にこの世界を冒険してください。

なにか、声が聞こえた。

まるで、心の弱みに付け込んだかのようなタイミングだった。

レベルを上げれば、いままで以上に強くなれますよと、その声は告げた。

──レベルが上がりました。

魔導兵を倒した時に、そんな声が聞こえた。

幻聴かと聞き流したが、その後も魔導兵を倒すたびに同じ声が聞こえた。まるで世界から告げられるように、直接頭に響く声だ。

──レベルが上がりました。

魔導兵を倒せば、レベルが上がった。

──レベルが上がりました。

魔物を倒しても、レベルが上がった。

──レベルが上がりました。レベルが上がりました。スキルを獲得しました。レベルが上がりました。

レベルが上がると同時に、自分の器が広がる。難解な学習をすることなく、特殊な【スキル】と称される魔導を獲得できた。本来はほとんど生まれつきのはずの導力量が増える。強くなれる。

上昇する数字を見て、いままでになく実感することができた。

それは都合がよかった。手柄を立てにきたのだ。ならばこそ、強くなるための手段は歓迎すべきものだった。

——レベルが上がりました。レベルが上がりました。レベルが上がりました。スキルを獲得しました。レベルが上がりました。レベルが上がりました。スキルを獲得しました。レベルが上がりました。レベルが上がりました。

徐々にレベルが上がりにくくなった。

これでは足りない。

どうすればいいのだろうか。そう思った時に、心がささやいた。

——人を殺せばいいのでは?

ぞっとした。

いくらなんでもそれは違う。そんなことを自分が思いついたということが信じられなかった。信じられなかったのに、その考えが頭にこびりついて離れなかった。

人を殺していいわけがない。そう信じながら、サハラは戦った。きりきりと、なにかの糸が切れそうな感覚が常にしていた。

東部未開拓領域の防衛線。湧き上がる魔導兵を処理する闘いの最中に遭遇したのは、ゲノム・クトゥルワだった。

第三身分（コモンズ）の怪物。東部未開拓領域の踏破者にして『神官殺し』。この世界に生まれた人間ながら、異世界より来訪した『迷い人』に宿る純粋概念にすら勝るとも劣らない力の行使者と噂される、人でありながら人の枠を超えた異常者だ。

そいつを倒せば、特別になれる。

普段ならば、決して挑もうなどと考えなかっただろう。

だがサハラは、『絡繰り世』の内部に踏み込んでゲノムに戦いを挑んだ。

勝負は一瞬だった。勝負にすらなりはしなかった。

「なあ、いまどんな気持ちだ」

サハラの右腕をもぎ取った男は、死にかけの彼女を見下ろして問いかけた。

「なんでお前、俺（おれ）に挑んだんだ？　『絡繰り世』に絡まれちゃいるみたいだが……俺からは逃げればよかったじゃねえか。俺が『絡繰り世』から出れなくなっていることくらいは知ってんだろう？」

不思議な男だった。肉体のあちこちが欠損している。そのくせ、切断面となっている傷口にはあふれんばかりの導力光が輝いていた。なによりそいつには、顔がなかった。

顔面に、ぽっかりとくり抜かれた穴が開いている。そいつが人間だとは、一瞬わからないほどに人外だ。

導力生命体。

肉体を捨て、人の枠を超えた超人。レベルを上げた先にある人間がこれなのだと、サハラはなんとなく悟った。

「なんで……」

理由は簡単だ。

特別になりたかった。

メノウ以上の、特別になりたかった。メノウの噂を聞いて、普通では彼女を追い抜くのは無理だと思った。ゲノムを殺せれば、メノウを越えられると思った。

語るまでもなくくだらない胸の内を、こんな男に聞かせたくなかった。

「私、は……今朝、朝食を食べ損ねたの」

だから、出しかけた本当の言葉を呑み込んで、今朝の出来事を話す。

「小腹が減ったまま出かけた時が雨で、服が濡れて、泥でブーツが汚れて、髪が湿気でまとまらなくて、イライラが積み重なって、そんな日にあなたと出会って」

昼にあったこと、本当に些細でどうでもいい不満を重ねて。

「むしゃくしゃしてて、どうでもよくなって、あなたに勝負を挑んだ」

自分が死ぬ、理由にした。

言ってから、気がついた。

いまの言葉は、意外と自分の本心に近かった。メノウの噂を聞いて、弱った心を『絡繰り世』に付け込まれた。一生彼女に追いつけないんだと半ば悟って、自暴自棄になってゲノムに戦いを挑んだ。

「ふ、ふふふふっ」

なんだかおかしくなって、笑い声が出た。

どうせ死ぬなら、そんな理由でよかった。サハラが死ぬ理由を聞いて、ゲノムは左目しか残っていない目元をやわらげた。

「ああ、そうか。そうだな。その理由は悪くない。そんな誰もが納得しないくだらない理由で殺されるのは悪くないが……殺され損ねちまったな。先に理由を聞いていれば、殺されてやってもよかったんだが、もったいないことをした」

ゲノムは、サハラを殺さなかった。

次に目を覚ました時に、サハラの右腕はなぜか義肢になっていた。『絡繰り世』の浸食が段階を上げたのだと気がついた。精神から肉体へと、サハラを食い潰そうとしているのだ。

その数日後、サハラは東部未開拓領域を脱出した。こっそりと去るつもりが、古株の神官がサハラの右腕に気がついた。

「あいつは、世界の声に絡まれているっ。精神が浸食されて繰られている状態だ。もうどうしようもない！　放っておけば、あいつ自身が魔導兵になるぞ！」

ある日、そう言った古株の神官の号令で、サハラは容赦なく殺されそうになった。

彼女は逃げ出した。

レベルが上がっていたとはいえ、歴戦の神官と騎士の連携を逃れられたのは幸運だった。なぜか彼らはサハラが東部未開拓領域からは出られないと思っていたらしく、包囲に穴があったのだ。

追っ手を振りきるための強行軍の結果、バラル砂漠に逃げ込んだサハラは考えた。自分がどうするべきか考え、結論を出した。

『陽炎の後継（フレアート）』メノウ。

彼女を、殺す。

もう、それ以外にサハラにはどうしようもなかった。

曲がりなりにも、一時期は処刑人としての教育を受けていたサハラだ。功績の足跡を追えば、彼女の行動を読むことはできた。

情勢を読んで、メノウたちと自分を追っている騎士を合流させ、この付近にいる武装集団のひとつである『鉄鎖（てっさ）』とぶつける計画を立てる。二つの勢力が削り合いで消耗している隙（すき）をついて、一網打尽にする。

だからサハラは、『鉄鎖』の連中と接触し、メノウの情報を提供した。

牢獄に閉じ込められたのは、そこに来るかもしれないメノウを待つためだ。捕まっていれば警戒されにくいだろうと共謀していたに過ぎない。

そんな計画を立てている半面、ひどく客観的に自分の状態を、分析していた。

聞こえる声、【器】が広がるという異常、『絡繰り世』防衛線での発症。

身に起こったことを総合すれば、あまりに異常な事態だとわかった。精神が浸食されている。レベルを上げるためにメノウを殺す。その決断は従来のサハラとは明らかに違った。

……本当に、そうだろうか。

特別になりたかったのはサハラ自身の意思だ。

精神が浸食されていることを言い訳にしているだけではないか。これは『絡繰り世』のせいだと押しつけているだけではないのだろうか。

なんで、特別になりたかったんだろうか。

鉄格子の中で、サハラは考える。

導師（マスター）『陽炎（フレア）』への憧憬は砕け散っている。自分が彼女のようになれるわけがないし、どうあがいたところで彼女が自分を見ることもない。

だから特別になりたいという気持ちは、幼い頃のきらめきを失っていた。

夢というにはどろりと粘ついて、とぐろを巻いて胸に居座る願望。

これがなにか。わからないけど、特別になりたかった。

特別になることしか、考えられなかった。

鉄格子の中で、ぼうっとうずくまっていると、メノウたちがやってきた。『鉄鎖』の一味がメノウに接触していた。絶好の機会だ。サハラはふらふらとする足取りで鉄格子から彼らの戦いを覗き見た。

今回のことが、穴の多い計画だとうすうす自覚していた。

サハラが指名手配されていることをメノウが知っていればどうなるのか。異世界人の護衛に注力しているメノウが知らなくても、補佐官をしているだろうモモが情報の穴を埋めるかもしれない。そうでなくともサハラの特徴をメノウが騎士に話せば、その時点でおしまいだ。

いくらでも抜けはあった。

綻びだらけの計画を抱えて、サハラはメノウに接触しようと思った。レベルを上げなくてはならなかった。レベルを上げてスキルを解放する以上に大切なことなどなかった。

特別に、なるのだ。

がしゃん、と鉄格子を鳴らした。

メノウが、こちらを見た。

白い肌。淡く血の色を見せている瞳。日を透かす栗毛。全体的に色素が薄く、神秘的なくらい綺麗だった。

がしゃん、と鉄格子を鳴らした。

メノウのことは、嫌いだ。

大っ嫌いだ。

うらやましくて、妬ましくて、疎ましくて、彼女のことなんか嫌いで、嫌いで、大嫌いで

――心が黒く焦がれるほど憧れている。

メノウがいるせいで、こんな自分になった。

モモともども、二度と会いたくないと思っていた。

だけど、死ねばいいとは思ってなかった。

まして、殺してやるだなんて考えたことがなかった。

サハラは、ただ。

特別な人になりたかった。

自分が、卑怯で卑劣な人間だということは知っていた。

嫉妬深い皮肉屋で、考え足らずの軽率で、ちょっとしたことで他人を許せなくなる。導師に連れてこられた、あのぼんやりした子供と、自分。なにが違うのかと心中で嫉妬する器の小さな自分がみじめたらしくてしかたなかった。

風雪で巨大な岩石から落ちこぼれ、黒く錆びつき川の底に沈むしかない鉄砂のような自分が嫌でたまらなかった。

だから特別になりたかった。

他の人より優れた力が欲しかった。

力があれば、他人にも優しくなれる。

そう思っていた。

誰かを倒したかったわけではない。誰かを傷つけたかったわけでもない。誰かを殺したかったなんて、そんなわけがない。

ただ、強くなれば。

メノウみたいに、綺麗で、他人のために行動できるようになるんじゃないかって。

そう思っていた。

だからメノウを殺して彼女の経験値を得れば、レベルを上げることができる。彼女を超えることができる。

特別に、なるのだ。

「ねえ、メノウ」

強くなれば。メノウさえ殺せば。レベルさえ上げ続ければ。

いつかきっと、器の小さな自分を沈める鉄砂の檻から抜け出すことができる。

「あなたが【器】を……」

そのはずなのに。

「私を、処刑して」

なんでそんなことを頼んだのか。メノウを殺そうと拳を振り上げたいまでも、よくわからない。

ただ、メノウがつけている黒のスカーフリボンが、いつだか自分の着ていた服が材料になっていることに気がついて。

思わず、後ろから絡みついて、そうささやいてしまったのだ。

掌から放たれた導力の光子がメノウの頬をかすめた。

じゅっ、と肌を焼く音がする。頬の熱が痛みに変わる間もなく、サハラが飛び込んできた。

先ほどの回避で体勢を崩したと見たか、サハラが拳を握りしめる。ボディを狙って、鉄腕が繰りだされた。

メノウは短剣を盾にして防ごうとする。

『導力：素材併呑――義腕・内部刻印魔導式――起動【スキル：導力砲】』

義腕の肘から噴出した導力砲が、サハラの拳を加速させた。

完全に防ぐのは不可能だ。踏ん張ることは放棄し、力に逆らわずに吹き飛ばされることを選んだ。

後方に飛ばされながら、メノウは難なく着地した。

突然の攻撃に驚きはなかった。メノウとて、サハラのことを完全に信用していたわけではなかった。

　互いの接点は同じ修道院育ちであるというだけだ。むしろ、同じ修道院育ちだった人間が目の前に現れたこと自体が怪しかった。

　どうしてこのタイミングで、と考えていた。

「『鉄鎖』の仲間だった、というわけではないわよね」

「ええ。わかっていると思うけど、私は『鉄鎖』の動きを別口で知っていたの。だから『絡繰り世』を広げようとしている彼らに、独自で協力していただけ」

　ミラーたち『鉄鎖』がメノウたちの足取りを捕らえたのは、サハラが情報を渡したからだ。

　だが、どうしてそんなことをしたのか。

「動機がわからないわね。私を殺して、なにがしたいの？」

「レベルを上げるために」

　ぴくりとメノウの表情が動いた。

「レベル？　上げてどうするの」

「人を超えた、特別になれるの」

「……物騒なことね。人間を辞めたいの？」

「わからないわよ、あなたには」

　なぜ、そんな思考に至ったのか。

「最初から特別だったあなたには、わからないわ」

メノウとの相互理解を望まずに、サハラは突き放す。

「『姫騎士』があなたと知り合いだったことといいイレギュラーはいくつもあったけど、あなたはうまく踊ってくれた。ここで消耗したあなたと追手の騎士たちを殺せば、おしまい」

嵌め合わせて、争わせる。互いに消耗したところで漁夫の利を得ようとした。

企みを聞いて、メノウは騙されたと怒ることもなければ、嵌められたとショックを受けたそぶりもしない。

「レベル……レベル、ね。そう。東部未開拓領域で、そういうことがあるって話は聞いたことがあるけど、ソレ、か」

ただ、酷薄な笑みを浮かべた。

メノウの瞳には、サハラの右腕が映っていた。

「その計画、根本的なミスがあるわよ」

嘲る口調に、サハラが眉をしかめる。

「なんのこと？」

「処刑人の訓練を放棄して逃げ出して、第一身分の神官服すら着られていない。いまだ修道女に甘んじているあなたごときに私が殺せるとでも？」

サハラの双眸が火を噴いた。メノウの瞳は、冷ややかな光を帯びていた。

ふっと息を吐く。短く息を整えて腰を落としたのは、サハラだった。

『導力：素材併呑――義腕・内部刻印魔導式――起動【スキル：銀の籠手】』

右腕が、変形した。

部品が分解して展開され、空いた隙間を導力光が埋めて形を固定する。細身だったフォルムが、より頑健な光り輝く鉄腕へと生まれ変わる。

変形のために消費された導力光のきらめきが、音を立てて吐き出された。

「これは、予想の範疇（はんちゅう）かしら」

まさか、そんなはずがない。

サハラの右腕の変形は、明らかに既存の導力技術を超越している。第一身分（ファウスト）であれ、作成できる導力義肢は生身の腕相当のものだ。変形する腕など、つくれるはずがない。

だがうろたえた感情は表に出さない。

「重そうね、その腕」

「あなたも付ける？」

サハラの表情は変わらない。無表情のまま、拳を向ける。

「カッコいいでしょ」

『導力：素材併呑――義腕・――起動【スキル：導力砲】』

『導力：接続――教典・二章五節――発動【ああ、敬虔な羊の群れを囲む壁は崩れぬと知れ】』

サハラの掌から、導力砲が放たれた。

先ほどとは威力が段違いだ。一直線に向かってくる太い導力粒子を、メノウは事前に用意していた教典魔導を発動して弾き飛ばす。

清らかなる、教会の壁。

メノウが展開した光壁の向こう側から語り掛けてくる。

「私は、あなたの素質のことを知っている。同じ修道院だったもの。身体能力、導力量、精神性。どれもが並程度」

がつん、と壁に拳が押しつけられる音がした。殴りつけたわけではなく、当てるだけの軽い音。サハラがメノウの防御魔導に触れたのだ。

なんのつもりかは、次の瞬間に判明した。

『導力：素材併呑――義腕・内部刻印魔導式――』

サハラの右腕が、再度変形した。

拳の上部が筒型に、そしてその中には巨大な杭が収納されている。メノウが展開した壁越しにすら見えるほどの大きさだ。

その底部に溜まった動力が、弾け飛んだ。

『起動【スキル：杭打ち】』

巨大な杭が、打ち出された。

破城槌(はじょうつい)を叩(たた)きつけたような衝撃が、大気を揺らした。爆発(ばくはつ)力を推進力にして、ゼロ距離から穿たれた杭の貫通力は絶大だった。叩き込まれた衝撃に耐えきれず、教典魔導の防壁が砕かれる。

「そんなあなたにとって、砂漠の強行軍と、この連戦はつらいわよね」

きらきらと残骸(ざんがい)である導力光がきらめくただ中に、鉄腕を掲げるサハラは立っている。メノウの防御を圧倒したサハラが、口元を歪(ゆが)めて笑う。

「まだ、やる？」

メノウを追い詰めるための策が練れており、相手にも相応の地力があり、メノウの魔導を粉砕できる義腕がある。そしてここの砂漠には、地脈がない。一発逆転の魔導を放てるようなチャンスも存在せず、メノウに有利な要素がひとつもない状況だ。

だからこそ、サハラの降服勧告を聞いて独白する。

「オーウェル大司教の時よりは、だいぶましね」

体力も、導力も少しなくなってきた程度。短剣と教典がある。

十分だ。修道院の時の訓練と、大差ない。

「サハラ」

メノウの呼びかけに、サハラは無言を貫く。メノウは構わず、やさしくほほ笑んだ。

この基地が条件起動式の魔導陣であることは変わらない。人が死ねば、魔導陣に導力が補填

される。だからこそ、告げる。

「殺すわけにもいかないから、手加減してあげる」

挑発に、サハラの感情が尖った。雑念の混じったサハラへ、メノウが前に出た。

メノウは気負うこともなく、ふらりと無防備な足取りで近づいた。サハラの怒りに、戸惑いが混ざる。あまりにも無防備な接近だったからだ。短剣を構えることすらしていない前進は、やけっぱちになったのかと疑うほどに隙だらけだった。

疲労でよろめいたのかと思うほど緩慢さから、瞬時にトップスピードに切り替える。

「――っ⁉」

サハラが息を呑んだ。予想外の緩急に、反応しきれない。とっさに身を引いた動きは、メノウの読み通りの行動だ。彼女の後退に合わせて放たれたメノウの蹴りが、サハラの胸を強打する。

「うっ――」

苦し気なうめき声。それでもサハラの動きは止まらなかった。

蹴りの衝撃に踏みとどまり、サハラが右の鉄腕を使って攻撃をしてくる。高出力の導力に支えられている威力は、いまのメノウでは逆立ちしたって対抗のしようがない。いいや、万全のメノウであっても単独では抗えない威力だ。

別に、よかった。

『導力：接続――教典・六章五節――』

人を殺すのに、過剰な力はいらない。

魔導構築の気配に、サハラの注意がメノウの教典に向いた。こんな至近距離で、教典魔導を放てるほどの時間をやるかと潰しにくる。

メノウは教典魔導の構築を放棄した。

注いだ残り少ない導力が霧散する。サハラが驚愕に表情を引きつらせた。なんのつもりか。

驚き動きに戸惑いが生まれたサハラの視界に、教典を振り上げたメノウが映った。

メノウは教典の角をサハラの横っ腹に打ちつけた。

「――ッ！」

声にならない悲鳴が上がった。

脇腹を、金属補強された五百ページ近い分厚い書物で痛打されたのだ。通常ならば転げ回ってのたうち回る痛み。サハラはそれを耐えた。耐えただけだった。

完全に動きが止まったタイミング。むしろゆったりとした動きで、さくり、と短剣の刃がサハラの右肩を切り裂いた。

サハラは、メノウを見た。

汗を散らし、前髪を額に、横髪を頬に張りつけた顔は、それでも美しかった。

「まだ、やる？」

メノウがほほ笑んだ。サハラは顔を歪めた。

どちらが優位に立っているのか、語るまでもなく明確だった。

どうして、こんなことになっているのか。

劣勢を自覚して、サハラはもがくように戦っていた。

いまの自分から抜け出したいと思っていた。なにか、もっと別のものを求めていた。もっと違う、言葉にできないなにかを求めていた。

導師（マスター）『陽炎（フレア）』がメノウを連れてきた時から、ずっと。

メノウはなりたい自分の位置にいた。なにかが、優れていたわけではない。サハラがメノウに勝てなかったわけではない。訓練で勝ったことはある。才能で負けているとも思えない。境遇だって、さしたる差はない。

なのに、どうして指の一本も届かない。

「くそっ――ぉおおぉあああああ！」

サハラは吠（ほ）える。堪えようのない苛立ちを叫び声にして、肩の痛みを無視して飛びかかる。

こんなはずではなかった。自分は、もっと違う自分になるはずだった。もっともっと違う自分を目指していたのだ。

レベルを上げて、力をつければ変われると思っていた。

二人とも導師（マスター）に助けられた。別に導師（マスター）が助けようと思ったわけではなく、彼女が禁忌を狩る時の流れで結果的に救われた。メノウもサハラも、それに変わりはなかった。

片方は旅の道連れとなり、片方は放置された。

なにが違ったんだ。サハラは歯がみをした。

ただ、その時、その場所にいなかった。

そうとしか言えない違い。『陽炎（フレア）』に憧れた少女は目もくれられることがなく、なにもかもをなくした少女は『陽炎（フレア）』を目指すことになった。

どうして自分ではなかったのか。答えの出ない問いをぶつけるために、偽物（にせもの）の右腕を叩きつける。

「なにも違わないわよ」

メノウは静かに答えを返してくる。

「私は別に特別じゃないし、才能だってない。そんなことくらい、知っていたでしょう」

どうして、そんなことを言う。

せめて誇っていて欲しかった。自分は選ばれたんだぞと、胸を張って偉ぶっているなら単純に恨めた。メノウへの怨恨を正当化できた。

サハラは奥歯を噛みしめる。なんでメノウは、もっと偉そうにしないのか。導師（マスター）『陽炎（フレア）』に育てられ、最年少で処刑人になって、数々の難敵を倒していっているくせに。

メノウの構える短剣の刃は、どこまでも静かだ。

「私は、誰かに私みたいになって欲しいだなんて思わないわ。それは、導師（マスター）だってそうだった。だって、そうでしょう。人を殺すのが、処刑人の存在意義だもの」

メノウには、もっと嫌な奴でいて欲しかった。

「誰かに人を殺してほしいなんて、思わないわ」

メノウがいい奴であるほどに、自分がみじめになる。メノウみたいな綺麗な少女を受け入れることができない自分が、どうしようもなく矮小に思える。メノウの傍（そば）にいるだけで、心が苦しくなる。果てにはメノウが笑っているだけで、とめどない憎悪が湧き上がる。

メノウが悪い奴ならば、彼女のことが嫌いな自分を許せた。

でも悪いのはサハラなのだ。

勝手にうらやんで、嫉妬して、戦いを挑んで——みっともなく、負けようとしている。

でも、自分が悪いからって、どうすればいいいんだ。

ただ日常を過ごすだけでは、気持ちは切り替わらない。正しい言葉を聞くだけでは、自分は変われない。自分を変えようと行動しても、根底が変わることはない。

正しさがわからなくて、自己嫌悪だけが自分の中に残る。

だから、自分勝手に他者へと願うのだ。

「お願いだから、私の中から消えてよ」

気がつけば、目じりに涙がたまっていた。

自分がメノウの前から消えても、メノウは消えなかった。聞こえるのだ、彼女の噂が。届くのだ、彼女の活躍が。自分と無関係なところにいる彼女の名声が、サハラの心を蝕むのだ。

『絡繰り世』に囚われるまでもなく、メノウというサハラの理想が、彼女の心を押し潰そうとする。

だからもう、どうしようもない。

どうしようもなく悟ってしまった。

自分が、どんな特別になりたかったのか。サハラは気がついてしまった。

サハラは、きっと、メノウになりたかった。

『右腕だけじゃ、足りなかった』

サハラの脳内で、声がささやいた。

『なりたい自分。なれない自分。なにが足りないのか。人は、言う』

右腕から、ひそひそと声が流れ込んでくる。

『お前はその【器】じゃない、と』

それは、サハラ自身の声だ。

『誰も彼もがいう。強くなりたい。綺麗になりたい。いまよりもよくなりたい。遠くに見える、誰かになりたい。自分以外の、なにかになりたい。わがままだ。わがままだ。でも愛おしいわがままだ。それはあなたをあなた足らしめる欲求』

姿見の前に立っているように、目の前にサハラの虚像が映しだされる。

サハラは、幻影に向かってふらふらと手を伸ばした。いつか神官になって、教典を抱えるはずだった左腕を。サハラは、どうしようもなく自分が嫌いだ。ぬぐいがたい自己嫌悪を自覚してしまった瞬間から、サハラの人生に救いはなくなった。

『わかるよ。わからない人には、わからない気持ち。自分が、嫌い。吐き気がするほど、鏡に映る自分が醜い。なんでこんなに自分が嫌いなのって頭を抱えながら、自分で自分を否定(ひてい)していく人生』

別人になりたい。メノウじゃなくてもいい。

『だから自分を、捨てろ。己というバグを消せ』

ただ、いまの自分を捨てたい。

『【器】になれ』

うん、と頷(うなず)いた。

『導力：素材併呑――』

その願いにこたえるように、サハラの意思とは関係なく右腕から魔導構築の気配がした。

構築される魔導が消費しようとしているのは、導力だけではなかった。

『塗装漂着・純粋概念【器】――』

サハラの右腕から精神に入り込んだ魔導が、魂にまで浸食してくる。自分が自分でなくなる感覚に、ほっとした。

これ以上、無様を晒すことは、もうないのだ。

『起動【憑依】』

サハラの右腕に宿っていた純粋概念【器】の魔導が、発動した。

サハラが、右腕に取り込まれた。

そうとしか表現できない現象が起こった。右腕だけだった鋼鉄部分が、肩を侵食して一気に広がった。義腕になっていた右腕の金属部分が膜となって広がり、サハラを覆いつくした。包み込まれた金属に、彼女の生命の三要素、肉体、精神、魂が食い潰されるように分解されて、三色の導力光へと変換される。

サハラの体が細かく分解されていた。物質的にではなく、光の色が解けて分かれていく。赤、青、緑の三原色の微粒子になる。

その時に発動した魔導の構成に、メノウは立ちすくんだ。

純粋概念。

砂粒よりも細かな光の粒子が、ざあっと音を立てて巻きあがった。流動する三原色の輝きは、メノウの瞳でもってしても現実と見分けがつかなかった。

徐々に、サハラ自身も気がつかないうちに精神を侵食してつくりかえていたのだろう。この戦いで、残っていたなにかを放棄したサハラの精神の防壁を食い潰した右腕が、サハラの肉体を取り込んだ。サハラという少女の魂と精神を材料にして、彼女が望んだものを作り出す。

そうして出来上がった魔導兵はメノウの形をしていた。

「あ、ああ、あー」

メノウの姿をした魔導兵が、声帯を確かめるような声を出す。肉声のようで無機質な、不思議な声だった。

「ああ、あー――ああ、忌々しい」

名前のない魔導兵が首を傾けた。非人間的な、機械じみた動きだった。メノウ本人との唯一の違い。リボンをつけていない長髪が、ばさりと広がる。

「バグめ」

ひやりと、悪寒が背筋を走った。目の前の魔導兵がどういう存在なのか、本能的にわかってしまった。

ひとつの原色だけではない。赤・青・緑の三原色のすべてを混ぜて作った、完全な魔導兵。国を滅ぼし、世界をつくれる願望成就の一体だ。

「バグめ。バグめ。我が世のバグめ。バグは潰す。この世界は、いまだ忌々しい感情というバグにあふれている。消さなくては。呑み込まなくては。調整しなくては。塗りつぶさなく

ては」

明確な敵意を感じた。

自分を放棄するほどまでの自己嫌悪に呑み込まれて、サハラは魔導兵になった。純粋概念【器】は、メノウを負かすという願望を成就するために必要な力を宿した、名もなき魔導兵になった。

「我が世が平穏であるために、バグはことごとく潰す」

サハラの、自己矛盾とコンプレックスの塊と【器】の行動原理が混ざり合っている。

メノウは鋭く【器】の魔導兵をにらみつける。

自分という存在を模したものが、目の前の魔導兵だ。もちろんメノウ自身ではない。理想のメノウ。サハラという少女が目指した、メノウとは似て非なるメノウだ。

汗が、うなじを滑り落ちた。

ここまで強いられた戦いのすべてが、メノウの体力を削っていた。

全身の汗を吸って、神官服が重くなっている。皮膚は濡れそぼっているのに、体の冷却はまるで間に合っていない。メノウの動きに合わせて揺れるポニーテールが首筋に接触する時の、へばりつく感覚が鬱陶しい。呼吸をすれば肺がわずかに痛みを訴える。

体力が大幅に削られ、導力も消耗している。耳にうるさくなってきた心臓の早さに、あとどれだけ体がついていってくれるか。

限界は近い。

それでも、まだやれる。

『導力：接続――教典・三章一節――発動【襲い来る敵対者は聞いた、鳴り響く鐘の音を】』

初手からの教典魔導。メノウが魔導を発動させると同時に相手が、飛び上がった。鐘が響く。【力】の音響が全方位に鳴り響き、空中にいる【器】の魔導兵を打ち据えた。

相手は、少しも動きを鈍らせなかった。

蹴りが教会の鐘を打ち砕く。メノウが瞠目した。教典の攻勢魔導が、まったく効いていない。導力の鐘を砕いたサハラが着地し、踏み込む。早い。一歩の踏み込みで、メノウの鼻先に迫っていた。

メノウの鏡像が、拳を放った。

とっさに教典を盾にして、それでも殺しきれなかった衝撃がメノウの体を打ち据えた。

まずい、と顔をしかめる。相手が追撃の構えをとっている。追撃を防ぐ手立てがない、と危機感に駆られた時――突如として、外壁が吹き飛んだ。

メノウに襲い掛かろうとしていた【器】の魔導兵に、巨大な刃が叩きつけられた。アーシュナだ。驚くべきことに、部屋の外から振るった巨大な刃はサハラの首筋を捉(とら)えていた。

「そっくりだな。双子でもいたの――なに？」

助力に飛び込んできたアーシュナは、自分の斬撃の結果を見て軽口をひっこめた。

壁の向こうから正確無比に敵を捉えたアーシュナの剣の腕は、称賛されるべきものだ。惜しむべくは、一ミリたりとも刃が皮膚に食い込んでいないことだった。

「バグめ」

一言呟いた魔導兵が刃を弾き、地を蹴り矢のように駆け出す。

接近戦が本領のアーシュナをして、その動きを捉えられなかった。大剣を潜り抜けた【器】の魔導兵が、アーシュナの腹部に拳(こぶし)を叩きこむ。すさまじい一撃に、アーシュナの体が浮いた。

【器】の魔導兵は、地面から両足が離れたアーシュナの襟首(えりくび)を掴(つか)み、無造作に地面に叩きつけた。

地面が、鳴動した。

今度の揺れは、メノウの心も揺さぶった。あのアーシュナが、一方的に叩きのめされた。

彼女の実力を知っているからこそ、衝撃的だった。

悶絶(もんぜつ)するアーシュナを追撃することなく、魔導兵がメノウを見据えた。

「バグは潰す。我がお前であるからには、すでに我ではないお前はバグでしかない」

万魔殿(パンデモニウム)のような不気味さはない。底知れなさも、視覚的なおぞましさもない。目の前の存在の言動は、指で叩けばがらんどうな音がしそうなほど中身がない。

ただ単純に、機能的に強い。万魔殿(パンデモニウム)のような遊び心がないからこそ、無駄がない。

先ほど床にたたきつけられた衝撃が抜けないうちに、次の一撃がメノウに叩き込まれた。

かろうじて抵抗できたのは、そこまでだった。

次の一撃でこめかみを殴りつけられて、意識が瞬間的に途切れた。まずいことに、どこを殴られているのか、わからなくなっていた。殴られ、蹴られ、その衝撃が肉体と意識を揺らしているのに、どこにどれだけのダメージを受けているのか、わからなかった。

意識が低迷していく。

地に足が着いていない。目がかすんできている。すでにメノウの全身はボロボロだった。殺されていない理由は、魔導兵のもととなったサハラがメノウを屈服させたかったからという名残があるからだろう。

メノウの頭が、摑まれた。

ひんやりとした金属質の温度が、顔面を通して伝わってくる。

そのまま、空中に吊(つ)り上(あ)げられる。だらんと、四肢が垂れ下がって体が揺れる。

負ける。

敗北の二文字が、メノウの脳裏(のうり)をよぎった。

負けて、死ぬのだと思った時に心に浮かんだのは「ごめんね」という一言(ひとこと)だった。

いままで、自分が殺した人々への謝罪ではない。

自分の傍にいてくれたモモと、そして、なぜかアカリの顔を思い浮かべて「ごめんね」と謝っていた。

メノウは自分の命を惜しいと思ったことがなかった。

いつ死んでもいいと思っていた。だって自分は人殺しで、人を殺して生きていく自分が生きたいと願うことは間違っている。だからいつか汚泥に塗(まみ)れて死ぬときは、あっさり死のうと考えていた。

けれども、いざ死を前にすると、まるで違った。

あざとく寄ってくるモモの笑顔。寝起きの悪いアカリの起床。

人を殺すためだけ以外の時間が、メノウにもあった。

くだらないくらいささやかで、誰かと共感しようなどとは思わない小さな幸福。

自分が殺される側になって、やっと気がついた。

死にたくない。

殺されてもいいなんて、思えない。

だから、勝たなければいけない。

誰かを、殺してでも。

「あぁ……」

温かい血が流れて、メノウの口に入る。自分の血の味。鉄臭い血液が、自分の生を感じさせた。

それは、鮮烈な意識の革命だった。メノウが初めて自分のために誰かを殺したいと決意した瞬間であり、死にたくないと願った時だった。

サハラはメノウに勝ちたくて、自分を捨ててでもメノウを殺したかった。

そうしなければいけないなにかが、あった。

でも、負けてやるわけにはいかない。どうやれば勝てるかはわからない。勝てないものは勝てないとささやく理性があった。攻撃がまるで通じない相手に、なにをすればいいのだ。

「バグは、消去する」

相手が、摑まれている顔面からメノウに導力を流す。

『導力：接続――』

なにをするつもりなのかは、予想がついた。

【器】がメノウに取り憑こうとしている。サハラをそうしたように、メノウも己の【器】にするつもりなのだ。【器】の純粋概念『絡繰り世』とは、有機物無機物にかかわらず、取り憑き、取り込むことで広がっていった存在だった。

幼い日に漂白されて以来メノウは精神の防壁を失っている。このままでは、相手が自分に流れ込む。さぞかし精神攻撃はしやすかろうと自嘲する。

『塗装漂着・純粋概念【器】――』

精神を侵食して、肉体を三原色に分解・再構築する力。自分も、サハラのように精神を食い潰されて【器】の一部になって終わるのか。

その未来が浮かんだ瞬間、逆転の手立てが閃いた。

相手が自分の中に入り込んでくるというのならば、ほとんど導力が空となったメノウでもやれることがあった。自分の中に入った【力】を利用してやればいい。

その思いつきは、あまりにも浅はかだった。

『発動【憑依】』

惜しむことなく、純粋概念【器】の一部がメノウという器に注ぎこまれる。とぷん、とメノウの精神が、外側から満たされて溺れる。

それは、相手の精神に直接叩き込む自己紹介だった。ガラクタを積みあげるようにして様々な情景が流れ込んでくる。そこにはサハラの情念も存在した。サハラがどうしてメノウに執着するのか、その心が叩きつけられる。

自分の中に入ってきた相手を御そうという試みは、儚くも失敗で終わろうとしていた。

「あ」

だというのに、メノウになり替わろうとしているメノウと同じ顔の魔導兵が、小さく呟いた。

【器】に、戸惑いが浮かんだ。この世界は三原色で表現できる。ただ、それが光の三原色である限り、そのすべてを呑み込む色があった。

それは、空白の【白】。

「なぜ【白】がいる?」

精神でも魂でも抗えなかったというのに、メノウの肉体に純粋概念の【器】は干渉できなかった。

相手の攻撃が、緩んだ。

メノウの腕が動いた。反射的な動き。本能的にチャンスだと知り、活路を目指す攻撃。短剣を叩きこむ。側頭部に当たった切っ先は虚しくも弾かれる。効いた様子はない。だがメノウを摑む力が緩んで解放された。

経路が、絶たれた。

「ッはぁ！」

床に転がったメノウがあえいだ。止まっていた呼吸を、吐いて、吸う。全身が冷や汗に塗れ、心臓が締めつけられる痛みを発している。これが、最後だ。

メノウと同じ顔をした魔導兵は、なぜかメノウを見て怯(おび)えていた。

メノウは自分の意識の統制を取り戻した。流し込まれ、いまだメノウの中に残留した【力】を、練り上げる。

『導力：接続――』

メノウは、自分の中に入り込んできたものを吐き出すように、教典に注ぎ込んだ。

『教典・十三章全文――』

教典の、全文起動。

自分の中に流れ込んできた、純粋概念の【力】を手繰り寄せ、操り、教典へと流し込んでいく。

『発動【「なぜだ。」王は嘆いた。女が倒れていた。王の代わりに槍を身に受けた。女は言った。「あなたのためではございません。」王には分からなかった。女の血が王の足を濡らした。

「あなたの生が、主のためになる。」女は息絶え』

魔導の発動の証は、導力光で模られた美しい杯だった。

『た。王は嘆いた。王には分からなかった。なぜ女が死んだのか。なにが女を死なせたのか。ひとつだけ正しく言い切れることがあった。』

両手で捧げ持つことができる大きさの、空の杯。祝杯だ。その真価を発揮するために、自分の中に入り込んだ導力を吐き出し続ける。

『殉教の精神は、愚かなほど尊い】』

本来ならば、人の導力を大地に注ぎ込み龍脈を活性化させる魔導。導力が、大地に染みこんでいく。龍脈なき砂漠に、大量の導力が注がれる。かつて剝がされた流れを満たすように導力が注がれる。

このままでは意味はない。ただただ導力が垂れ流されて終わりだ。

ただ、メノウがいまいる場所は魔導陣の中央だった。

『導力：自動接続（条件・了）――砂漠基地・要塞建築魔導紋章――発動【転移】』

注がれた大量の導力に応えて、巨大な魔導陣が発動した。

これが、メノウの狙いだ。

素材学と、紋章学。二つの学問によって構成された巨大な魔導陣は、建築物を使って描かれた文様を輝かせる。

世界に、小さな穴が開いた。

巨大な魔法陣と大量の【力】を使用して発動したとは信じられないほどの、ちっぽけな穴。こことは、別の場所。はるか遠く、東部未開拓領域の『絡繰り世』とこの場所が接続される。

次の瞬間、世界が軋んだ。

ほんのささやかな世界の穴は、劇的な現象を引き起こしていた。大気が轟々と音を立てて吹き込んでいく。大地が鳴動し、大気が軋み、漏れ出す三原色が周囲を圧倒していた。

覆い尽くされ、安定していた世界に穴が開いたことで、三原色のみで安定していた『絡繰り世』のバランスが崩れたのだ。

バカげた量の【力】が、『絡繰り世』からこちらに向けて流れ込んだ。

「バグ、め――」

まっさきに影響を受けたのは、穴の近くにいた【器】の魔導兵だ。世界そのものが雪崩を打ってきたのかと錯覚するほどの【力】に満ちた三原色の波動に打ち据えられて、メノウと同じ姿を保っていた魔導兵が分解された。見境はなかった。うねる【力】が周囲を自分の世界に変えていこうと当たり構わず漂着する。世界のすべてを己の【器】にしていこうと取り憑きはじめる。

　メノウにそれを止める力は、もう残っていない。

　だが、ここにはもう一人。

『導力：接続——王剣・紋章——発動【斬撃：拡張】』

　光輝の剣が天に伸びた。

　アーシュナの斬撃が、基地を真一文字に切り裂いた。

　物理的に傷つけられた魔導陣が効力を失う。つながっていた世界の穴が消失し、世界が正常に戻っていく。

「ああ、まったく……」

　身体を引きずるようにしてばったりと、アーシュナが隣に倒れ込む。

「疲れた。君といると、いつもこうだ」

「私のせいじゃありませんよ」

　自分がトラブルメーカーであるかのような言いぐさは心外だった。いつだって、メノウは巻き込まれたトラブルを解決する側だ。

　メノウは目を閉じた。誰がトラブルを呼んでいるのか。光を遮断するまぶたの裏に映ったのは、アカリの姿だった。

「でも、疲れたのには同意です」

すうっと意識が遠のく。

帰ろう、と思った。自分を待っている人のもとへ。意識を手放す寸前、誰かの声を聞いた気がした。アーシュナではない。他の誰かの声。その正体を摑めないまま、メノウは意識を手放した。

メノウたちから遠く離れた、大陸西部にある町。そこはのどかで平和な町だった。

清流を生み出す古代遺跡『水の塔』を起点とした美しい庭園が名物であり、第二身分が治め、第一身分が監視し、第三身分が営みを担う。

当たり前の秩序と平穏は脆くも崩れ去った。

生きている人間と、死んだ人間。いまこの町は、通常ならば厳然と分かれている二種類の狭間が曖昧になっている。

肌が黒ずみ、瞳が白濁している人間が外を歩く。明らかに生きているはずがない死体が、ふらふらとした足取りで徘徊している。

徘徊をするだけではない。亡者となって動きまわる死体は、生きた人間をつけ狙っていた。逃げきれなかったものは、亡者に組み付かれ、嚙みつかれる。

一匹の犬から、悲劇は始まった。

嚙みつくことで魔導汚染を引き起こす、原罪魔導を抱えた犬。数日で広がったパンデミックに、そこかしこで悲鳴が響いているなか、それでも希望はあった。

統率のとれた集団が第三身分(コモンズ)の救出に当たっている。第一身分(ファウスト)と第二身分(ノブレス)の混成部隊。神官が教会に逃げた人々を結界で守り、剣を構えた騎士が押し寄せる亡者を撃退する。教会の周辺にだけは、唯一希望が残されていた。

そこに現れたのはたおやかな少女だった。

深い青色の髪を三つ編みにして肩から前に垂らし、着物の帯を締め、襟元(えりもと)を崩さず上品に着こなしている。目元は彼女の性格を示しているのか、おっとりとした垂れ目だ。

騎士たちが戸惑う。無害な少女に見えるが、この状況ではおかしい。逃げまどうでもなく、亡者に混ざって近づいてくる。

「おい！　そこで止まれ！」

騎士が制止の声をあげるのと、彼女の足元で影がごぽりと音を立てて蠢(うごめ)いたのはほとんど同時だった。

「失礼いたします」

ひゅんっ、と風を切る音がした。

少女の前に立った騎士の体が、斜めにズレた。次いで、ずるりとずれ落ち地面に転がる。

騎士を切り裂いたのは、少女の足元で蠢(うごめ)く影だった。

「貴様ぁ！」

誰(だれ)の仕業(しわざ)かは明白だ。人の姿をした悪魔の類(たぐい)が現れたと、正しい判断を下して斬(き)りかかる。

騎士の剣閃を、着物の少女は手に持った扇で防ぐ。鉄扇。護身用具として使われる暗器で剣を弾き、鉄扇を開いた。

開いた扇の面に、紋章が描かれていた。

『導力：接続——鉄扇・紋章——発動【風刃】』

扇を振るうと同時に、風の刃が吹き荒れる。巻き込まれた騎士が粉みじんにミンチにされた。

最後の守りが崩れた。防衛線に空いた穴へ、亡者が群がりなだれ込む。

「まずまず、ですね」

着物の少女は、とんと地を蹴って飛び上がる。着地をした場所は、なんとも不遜なことに教会の屋根の上だ。信仰の象徴を足蹴にした少女は、人々の抵抗を教会の上から見下ろした。

知らぬ人ならば信じられないだろう。

彼女こそ、この町の惨禍を創りだした張本人だった。

「ゾンビパニック、でしたか。なかなか見応えがありますね。あの子が勧めてきた理由が、よくわかるというものです」

とある一匹の犬から始まった惨憺たる状況。

死者が生者を襲う。さまよう亡者は生きた人間を感知して近づき、噛みつき、自分の仲間とする。パンデミックは、すでに町全体に広がっていた。

現時点で、町の三割ほどが侵食されている。渦中にあって見物する彼女に亡者は襲い掛からない。

なぜならば扇を広げる彼女もまた亡者の一員だからだ。

マノン・リベール。

美しく麗しかろうが、彼女は人ではない。原罪概念の儀式で魂を捧げ、悪魔として生まれ変わった。その証拠に、彼女は原罪魔導を用いて自らが作り出した地獄に満悦していた。

突然どん、という衝撃がマノンの体を揺らす。

「おや？」

マノンはきょとん、と目を瞬く。なにかと確かめてみれば、心臓に刃が突き刺さっていた。

きょろりと視線を巡らせても、周囲には誰もいない。

胸に刺さりながらも、マノンの体からは一滴の赤い血も流れない。ただ黒い汁が、どろりと着物の胸元に染み出した。

「あはっ。ようやく来てくださいましたか」

心臓があるべき部位に刃を差し込まれたというのに、マノンは嬉しそうに手を合わせた。

不可視の暗殺者には、心当たりがあった。心臓から短剣を引き抜き、見えない相手へと丁重に差し出す。

誰もいない空間に、波紋が立った。

導力迷彩。

導力強化の燐光を利用した光学迷彩だ。不可視化を解いて現れた赤黒い髪をした神官に、マノンは恭しく頭を下げる。

「お久しぶりです、導師『陽炎』様。第一身分の闇の闇。史上最多の禁忌狩り。世界を牛耳らんとする【使徒】の裏すらかいくぐり、深淵に刃を届かせようとする挑戦者。わたくしは奇縁により万魔の末席が許された悪魔がひとつ、マノン・リベールと申します」

「久しぶりだな、ガキ」

久しぶり。

その単語に場違いな喜びがマノンの胸に湧く。確かにマノンと『陽炎』は昔に出会ったことがある。マノンの母親は『迷い人』であり、禁忌として処理された。幼いマノンの眼前で母親を殺した処刑人こそ、導師『陽炎』だった。

マノンにとっては人生観を変えられる出来事だったが、『陽炎』が覚えているとは思わなかった。

「よくぞ、ここまで派手にやってくれたな」

「ええ。わたくしがあなたさまを見つけ出すのは、まず不可能です。『第四』を使って調べてもらったのですが、それでも判明したのは『この辺り』という程度の情報だけ。したがって、あなたが出ざるを得ない舞台を造り誘い出させていただきました」

導師（マスター）『陽炎（フレア）』がこの辺りにいるだろうという情報までは調査で得られた。だが細かい居場所まではなかなかつかめなかった。

だからこそ引き起こした、大惨事。

町ひとつが滅びる禁忌が起これば処刑人である彼女は無視できないと当たりをつけ、実行に移したのがゾンビパニックだ。マノンが『万魔殿（パンデモニウム）』に手ほどきされ、亡者から生者へと感染して広がる魔導汚染を引き起こした。

「『万魔殿（パンデモニウム）』はどこにいる」

一方的な問いだったが、マノンは特に気を悪くせずに人差し指を唇に当てる。年頃の少女らしく、悪戯（いたずら）っぽく大人をからかうために微笑（ほほえ）んだ。

「秘密、です」

「そうか。別に構わん。その腹の内、身体を掻（か）っ捌（さば）けば吐き出すだろう？」

「実はわたくしからも、あなた様にお聞きしたいことがあります。『迷い人』が異世界に戻る方法——つまりは、この世界から、日本に戻る儀式についてです」

「そんなものはない」

「いいえ？　ございますよね」

マノンは相手の返答を一顧だにしない。あるという前提で話を続ける。

なぜならば、彼女はすでに知っている。

「あるからこその、千年前の古代文明期の崩壊です」

四大人災(ヒューマン・エラー)と、【白】の勇者。

人類絶頂期の古代文明を滅ぼした五人は、元の世界に帰りたかったからこそ世界への反逆を決行した。

ほんの少しだけ、沈黙が挟まった。

「……なあ、マノン・リベール」

はあ、と大きく息を吐く。

重く、重いため息。しらばっくれるのではなく、知っているからこその言葉。

「私たちがそんなことはさせないからこそ、そんなものはないんだよ」

「あはっ」

マノンが笑った。

やはり、あるのだ。異世界への道。マノンにとっては、母の故郷に行く手段が。

「あはは、ふ、ふふふふふふふ！　『陽炎(フレア)』様。決めました。いま、わたくしは決めました！」

マノンは見惚(みと)れるほど艶やかな笑みを浮かべる。己(おのれ)がなすべき混沌(こんとん)を、声高らかに宣言する。

「わたくしは異世界に――日本に行きます。そのためならば、この世界を混沌に落として生贄(いけにえ)に捧げましょう」

『陽炎』はなにも答えなかった。手元の短剣に導力を流し、紋章魔導を発動させる。

『導力：接続――短剣・紋章――発動【導枝】』

『陽炎』の短剣から、導力の枝が広がった。見せかけの肉体のみならずマノンの本体である影にまで達する。

「これ、は……」

導力の、枝。

紋章魔導により『陽炎』の短剣から形成された導力が、枝を模してマノンを内部から刺し貫いた。

並の人間ならば、抵抗もできずに死亡しただろう。

マノンは攻撃を受けても死ぬことがなかった。影を動かし、導力の枝を切り裂く。経路が断たれると同時に、マノンの内部にあった導力の枝も消失する。

枝の強度はそこまででもない。だがいくらでも応用の利きそうな紋章魔導だ。

「よろしいのですか？　わたくしに構っている間に、町に被害が広がるばかりですよ」

あえて、話をそらしてみる。

この災害は、マノンがいようがいまいが続く。いまも亡者は町の生きた人々を襲い続けている。

「なにか勘違いをしているな」

返答は冷ややかですらなく、無関心に近かった。悲劇に襲われる人々を助ける実力は間違いなくあるというのに、周囲の被害を食い止めようという気配もない。

「処刑人が優先すべきは禁忌の処理であり、人民の保護は任務にあたらない。何人死のうが、そいつらを殺した禁忌を殺せば私の仕事は終わる。つまり、お前を殺せばそれでいい」

町の被害を一顧だにしない考えだ。

隙(すき)をつけなさそうな思考だ、とマノンは思案する。あたりにいる亡者をけしかけようと、『陽炎(フレア)』の短剣から伸びる導力の枝で迎撃されるだろう。全方位をカバーできる紋章魔導相手では、数で攻めようとも意味は薄い。

ならばと、マノンは事前に用意していた召喚式を作動させる。

『導力：生贄供犠――原罪ヶ悪傲慢・肉体・精神・魂――召喚【天獄餓鬼】』

次の瞬間、町中の亡者の肉体が溶け始めた。町中でさまよっていた亡者を生贄に捧げ、召喚魔導を発動させたのだ。どろどろに溶けて腐った死体が、マノンと『陽炎(フレア)』の間に集まり、おぞましいなにかに変化していく。

「生贄の質としてはかなり劣化してしまいますが、やはり数は力でございますね」

生きた人間に比べれば、亡者は肉体、精神、魂の質が大幅に劣化する。それでも数を増やしていけば、強力な悪魔を召喚することが可能だ。

このゾンビパニックは、生贄を増やすための儀式でしかない。これもまた、マノンが

『万魔殿（パンデモニウム）』から学んだ手法だ。

現れたのは巨大な肉の塊（かたまり）だ。ぶよぶよに太って肥大化した赤ん坊は、町にあるどの建物よりも巨大だ。ぐずって腕を一振りすれば、それだけで町の一部が崩れていく。癇癪（かんしゃく）を破裂させて泣き叫べば、常人の精神を汚染する音となる。そんな悪魔にどうやって太刀（たち）打ちすればいいのか。普通の人間ならば絶望するに違いない。

生きた伝説の処刑人は、巨大な一個にどうやって対応するのか。

期待に満ちたマノンの瞳に、冷めきった『陽炎（フレア）』の姿が映った。

「わざわざコバエを一ヶ所に固めてくれるとは、ありがたい限りだ」

短剣が、投擲（とうてき）された。

マノンは眉（まゆ）をひそめる。

いま召喚した悪魔は、短剣を刺してどうにかなる相手ではないはずだ。どういうつもりだと思っていると、真意は手元から離れて発動した魔導によって知らされた。

『導力：自動接続（条件要項・了）——導力枝・紋章——』

条件起動式。短剣の柄に生えた球形の導力の枝が、立体的な紋章を描いている。

『発動【ヤドリギの剣】』

導力の枝が、一気に膨張した。

対象の導力を吸い上げながら成長し、光り輝く導力が枝を広げる。マノンが呼び出した巨大な赤ん坊は干からび、成長とともに浸食された導力の枝に体を蹂躙（じゅうりん）された。

悪魔の巨躯（きょく）が飛散する。それだけではヤドリギを模した導力の枝の成長はとどまらず、召喚者であるマノンを刺し貫いた。

「三十秒待ってやる。『万魔殿（パンデモニウム）』を呼べ」

端的な要請だった。

なるほど、どうしてとどめを刺さないのか疑問だったが、本命は万魔殿（パンデモニウム）だったらしい。マノンは万魔殿（パンデモニウム）と相互の召喚契約を結んでいる。彼女を痛めつけて、万魔殿（パンデモニウム）を呼ぼうという腹らしい。

とぼけるようにいったん視線を外してから、ここで『陽炎（フレア）』を待ち構えていた質問をぶつける。

「せっかくですので、ひとつお話を聞いていただいてよろしいですか？」

「カウントを始めるぞ。あと三十秒だ」

『陽炎（フレア）』の力はいささかも揺るがない。カウントダウンを開始した。

「実はわたくし、グリザリカ王国で面白（おもしろ）い資料を発見したんです」

「二十五秒」

「それは大司教にまで至った人間が犯した禁忌の実験記録の一端でした。なんとも無残なことに、村をひとつ真っ白に染めあげるという禁忌を犯しました」

「あと十三秒」

「わたくし、実はその村出身だという友人がおりまして……これは犠牲を追悼せねばと村の戸籍名簿を確認したのです。そうしたら、なんと！　その村には『メノウ』という名前の少女がいたという記録は残っていませんでした」

「あと五秒だ」

「だからこそ、疑問がございます」

「あと三秒」

「メノウさんは、どこから来たんでしょうね」

導力の枝が、広がった。

マノンの肉体を吹き飛ばし、影すらも蹂躙（じゅうりん）する。容赦のない威力、逃げ場などない範囲攻撃だ。

「まったくもう、危ないところだったじゃない」

「助かりました。スリル満点で、そのままばらばらになるところでした」

無邪気な声は、導力の枝が届かない場所で発せられた。

どうやって、逃れたのか。導力枝の範囲攻撃を逃れた位置に、怪我ひとつないマノンを抱きかかえる『万魔殿（パンデモニウム）』がいた。

「来たか」

これからが本番だと言わんばかりの導師（マスター）に対し、マノンがやさしく万魔殿（パンデモニウム）の頭を撫でる。

「では、一緒に全力で逃げましょうか。鬼はあの方です」

「まあ、鬼ごっこね！　腕が鳴るわ」

万魔殿（パンデモニウム）の助力を得ても迷いなく逃走を選んだマノンに導師（マスター）は初めてわずかに顔をしかめ、導枝に手を触れる。

『導力：接続（経由・導枝）――短剣・紋章――発動【迅雷】』

巨体の悪魔を蹂躙して広がった枝の導力が、丸ごと雷に変換された。圧倒的な熱量がマノンのいる場所に襲いかかり、極太の雷が地から天へと突き抜ける。

「……逃がしたか」

導師（マスター）は周囲を見渡す。マノンは消え失せた。逃走したのだ。

それは構わない。万魔殿（パンデモニウム）の小指を潰（つぶ）し損ねたのならば、マノンは逃がしたほうがよかった。万魔殿（パンデモニウム）には無軌道に暴（あば）れまわるよりも目的があるマノンの傍（そば）にいてもらったほうが御しやすい。

もはやこの地に用はない。歩き始めた彼女へ、語りかける声があった。

『先を知っているというのも、得なことばかりではありません。知っているからこそ、やるべき義務が増えるのです』

導師（マスター）が抱えている教典だ。そこから声が響いていた。

『それよりマスター。そろそろ【使徒：魔法使い】の連絡をごまかすのも限界が来ているかと愚考します』

「いいか。お前はポンコツだ。そんな不良品のお前なら、うっかり通信の受信を失敗し続けて仕方がない」

『仕方ありませんね。わたくしは優秀なので、マスターの無茶を押し通してみせましょう』

「それでいい。なにせちょうどあのバカが裏切る頃だ。【時】がどう変わろうと構わないが——」

くはっ、と大きく口を開いて笑った。

「【白】の再臨だけは、どうあっても防がねばならん」

砂漠から半日の行軍を経て、メノウはアカリがいるはずの安宿に戻っていた。

いまはとにかく休みたかった。全身の細かい傷や、打撲。なによりも疲労感がすさまじく、ぬぐいがたい倦怠感がある。

ただし、一人きりというわけでもなかった。

いや、確かにメノウは一人だ。一人で戻って来た。

『……死にたい』

教典が、言葉を発した。

それはもう陰鬱でじめじめした声である。メノウが恐る恐る教典を開くと、導力光が立ちのぼる。

教典から発生した導力光が結んだ立像は、手のひらサイズのサハラを投影した。膝を抱えた姿の彼女は、恨みがましい目を向ける。

もちろんメノウが立像の投影技術で一人遊びをしているわけではない。

メノウは掌で顔を覆った。

「なんで、こんなことに……」

『こっちの台詞』

驚くべきことに、サハラの精神と魂が教典に宿っていた。あの戦いでどこがどう作用したのか。メノウが憑依されかけた時に、自分の体に流れ込んできたものをまとめて教典に流し込んだのが悪かったのか。あるいは【器】に取り憑かれていたサハラの精神と魂がよほど特殊なものと化したせいなのか。

『生き恥をさらしたくない。さっさと燃やして』

「いまのあなたって、生きてるって言っていいの？」

『生命の定義は肉体・精神・魂の三要素が揃っていること。認めたくはないけど、私は、教典を体にした導力生命体になっている、ということでしょう』

人体の導力生命体化現象。

人の肉体を捨て、導力技術でもって精神と魂を他に移す現象のことだ。

ちなみに人為的にそれをするのは禁忌だ。偶発的にとはいえ、メノウが教典に宿ったサハラの存在を黙認するのはまずい。

メノウはむっつりと黙り込む。燃やすべきなのはわかっている。わかっているのだが、ここで教典を放り出すのは戦力的に手痛かった。

「……次の町で、教典が交換できるまで待つわ」

その判断は、きっとアカリと出会ったばかりのメノウでは下さなかった選択だ。

『最低。最悪。死にたい。なんであなたなんかと一緒にいなきゃいけないの』

「二度も殺すのは、ちょっとね」

『……どうして教典に、人の精神が入れるほどの冗長的な魔導構造があるのよ』

メノウが苦虫をかみ潰す。

サハラの言う通りだ。人間の精神を移譲できる冗長性があったということは、もとから教典には人間に近い導力生命体を生みだせる魔導構造があったということなのだ。

『変な秘密を知ってしまったのかもしれない。なにかまずいことに首を突っ込みかけてない？　他の人に知られる前に、私ごと燃やせば？』

「それはおいおい考えるわ。いいからあなたは、アカリの前では一言も話さないでね。ものすっごくややこしいことになるから」

『私はモモよりアカリちゃん派だから、できるだけ彼女のサポートに回りたいの』

「それと、さっきからモモと通信魔導がつながらないというか、教典魔導が上手く構築できないんだけど」

『あの人型暴力装置との連絡は、全力で邪魔をする所存……！』

「そこはぶれないのね……」

やはりこれはバグの一種だった。

恣意的に魔導行使を邪魔するなど、完全にウィルスの類である。導力生命体になってもマイペースなサハラを脅しつけながら、部屋に戻る。

部屋には、誰もいなかった。

「アカリ……？」

なぜ誰もいないのかと視線を巡らせて、気が付いた。宿の机に、モモの教典が置かれていた。その上にアカリのカチューシャが置かれ、間に挟み込むようにメモが一枚だけ残されている。

──トキトウ・アカリは私が連れて行きます。

モモの筆跡で、それだけ書かれていた。

『あーあ』

教典から声がする。肉体があれば、間違いなく肩をすくめていただろう声色だ。

『だから、モモには気をつけろって言ったのに』

「どう、して」

メノウの補佐官にして後輩、モモ。

最も信頼していた少女の予想だにしない裏切りに、メノウは茫然と立ちすくんだ。

あとがき

作者「クリスマスに欲しいものとかあります？」
編集「完成してる処刑少女３巻の原稿ですかね」

真冬の寒気（かんき）も真っ青な、寒々しい会話がなされた令和元年の終わりが迫る冬。

ジングルベルのクリスマスはあっという間に過ぎ去り、サンタさんが原稿をプレゼントしてくれなかったせいで原稿はクリスマスに間に合いませんでした。おのれサンタめぇ……！　なぜ良い子の真登にプレゼント原稿をくれない……そうか、締め切りに間に合わせていない悪い子だったからか……。しかしサンタよ！　締め切りに間に合っていればサンタに原稿を頼んだりはしない……！　締め切りに間に合わないのはサンタへの願い的には間違いではないのでは⁉　これは卵が先か鶏が先か……と哲学にふけっているうちに時は過ぎ、編集ぬるさんにお渡しした原稿は正月のお年玉にすらなり損ねましたとさ、ちゃんちゃん。

よかった。「バレンタインデーの贈り物です」とか言って2月に原稿を渡す羽目にはならなくて。ほとんど発売日だぞ2月14日。

それでは謝辞に移ります。

イラストレーターのニリッツさま。

私のせいで嘘みたいなスケジュールを押し付けて本当にすみません。それでいながら素晴らしいクオリティで上がってくるイラストに感動しまくっていました。

編集のぬるさま。

私のせいで悪夢みたいな進行管理をするはめになって、どれだけ申し訳ないと思っているか。

これからもメノウを中心にしつつメノウを置いてけぼりにしかねない世界とキャラ関係の変遷を書いていければと思います。

四巻でもお会いできましたら、至上の喜びです。

それでは。

絶望の色は、赤。

連載開始予定

処刑少女の生きる道（バージンロード）

原作:佐藤真登　漫画:三ツ谷 亮　キャラクターデザイン:ニリツ

コミカライズ

ヤングガンガン/マンガUP！

ガンガンGAにて

2020年春

竜と祭礼 ―魔法杖職人の見地から―

著：筑紫一明　画：Enji

GA文庫

「この杖、直してもらいます！」

半人前の魔法杖職人であるイクスは、師の遺言により、ユーイという少女の杖を修理することになる。魔法の杖は、持ち主に合わせて作られるため千差万別。とくに伝説の職人であった師匠が手がけたユーイの杖は特別で、見たこともない材料で作られていた。

未知の素材に悪戦苦闘するイクスだったが、ユーイや姉弟子のモルナたちの助けを借り、なんとか破損していた芯材の特定に成功する。それは、竜の心臓。しかし、この世界で、竜は千年以上前に絶滅していた――。定められた修理期限は夏の終わりまで。一本の杖をめぐり、失われた竜を求める物語が始まる。

ファンレター、作品の ご感想をお待ちしています

〈あて先〉

〒106－0032
東京都港区六本木2－4－5
SBクリエイティブ(株)
GA文庫編集部 気付

「佐藤真登先生」係
「ニリツ先生」係

**本書に関するご意見・ご感想は
右のQRコードよりお寄せください。**

※アクセスの際や登録時に発生する通信費等はご負担ください。

https://ga.sbcr.jp/

処刑少女の生きる道（バージンロード）3 —鉄砂の檻—

発　行　2020年2月29日　初版第一刷発行
2022年3月2日　第三刷発行
著　者　佐藤真登
発行人　小川　淳
発行所　SBクリエイティブ株式会社
〒106−0032
東京都港区六本木2−4−5
電話　03−5549−1201
03−5549−1167（編集）
装　丁　AFTERGLOW
印刷・製本　中央精版印刷株式会社

ISBN978-4-8156-0481-3
Printed in Japan　GA文庫